挑戰　日本語能力試驗
1・2級「　聽　解　」篇

曾　玉　慧
大井英樹　編著

鴻儒堂出版社發行

目　次

序 文

本書作者之一的曾玉慧老師曾是本校應用外語科日語組專任老師，平常十分認眞教學，對於指導學生加強日語聽、說、讀、寫能力的教學法及教材上，更是不斷地摸索、研究。爲了協助學生準備日語檢定測驗，曾老師以日本國際教育協會所舉辦的「日本語能力試驗」之問題形態爲研究重點，一方面參考其他檢定的指導用書，一方面爲學生整理模擬題目並舉行模擬考試。

先前曾老師已出版了培養１、２級檢定實力的『文字、語彙篇』兩冊，此套書的推出受到的迴響很好，使用者均反應這正是他們所需要的參考書，利用它來加強實力以期通過檢定者有愈來愈多之勢。這次曾老師協同大井先生兩人合作再接再厲地整理出『聽解篇』，『聽解篇』的內容非常充實，本人曾以「可以有效地訂定學習目標」、「可以確實地把握個人實力」等理由推薦過『文字、語彙篇』，對於新書『聽解篇』除了一貫的支持外，推薦之同時更多了一份自信，有心加強個人日語聽解能力的同學請勿錯過這本好教材。

三信家商校長

蔡 華 山

編者的話

我們人類平常聆聽別人講話時，並非一字不漏地將對方所說得每個字、每段話都納入耳膜，事實上我們是「揀著聽」的，也就是說只選擇對自己而言重要的情報來聽。譬如聽氣象預報的人，他的目的是想預知隔天需不需要攜帶雨具出門，因而收聽預報時，大概只留心在降雨率上吧！又、打電話詢問商店營業時間的人，隨手寫在記事本上的可能也只有他所關心的代表時刻的幾個數字吧！

大多數學習外語的人普遍以爲所謂「聽力好」的標準是全部聽得懂對方所說得每一句話，但根據上述事實，可以了解到那麼做並非絕對必要的。在此、我們提醒同學提升自我聽力的關鍵在於訓練自己「我應該小心聽什麼？」的敏捷力。

根據筆者的教學經驗，日本語能力試驗的聽解考試範圍相當生活化，是一般學生較難自我訓練的部分。因爲外語聽力的培養需要環境，在環境欠缺、觀念又錯誤下，除非學習者在學習過程中持久地、刻意地爲自己製造能常常耳聽肯口說的機會，否則不管學了多少年外語，大多數人仍然自覺聽力不足，一旦遇上外國人，劈頭被說上一大段外國話時，不是覺得對方講話速度太快聽不懂，就是好不容易聽出大意了，想回答卻又不知該怎麼回答。於是我們編著此教材，提供一個聽力訓練的計劃，雖是爲預備報考日本語能力試驗的同學而設計的，但是有心想促進自己聽解能力的日語學習者而言，也是不可錯過的工具書。

本教材的第一章是「認識考題」，介紹考試形態及編者的應考建議。第二章是「追蹤考題」，介紹歷年來考題趨勢，然後在第三章、第四章的「掌握考題之一」、「掌握考題之二」中依序地爲您設計模擬練習題。每一項主題的練習都是由簡而深，因此１、２級的考生均適用。考題的分類是採大綱性的，若有不夠詳盡之處，敬請不吝指教。第五章則是所有題目的內容一覽。

學習者如果利用本教材反覆練習例題，可以培養出正確掌握問題核心的能力，進而熟悉考題模式。確實把握對方所題之問題核心，不單是爲了挑戰聽力考試，也關係到日常生活中所必要的：「抱持特定目定、聽取必要情報」的談話基本技巧，因此、既使不接受檢定考試的日語學習者，也可利用本書來增進日語聽解實力的練習教材。

最後衷心期望本教材，即便多一人也好，能對有心學好日語、挑戰檢定的朋友有所助益。

１９９６年6月　　　　編者　敬啓

第一章

認識考題

〔認識考題〕

日語能力檢定聽力項目的考試形態是聽了一段談話或對話後，選擇一個正確答案。共有三大題，問題Ⅰ有圖片、問題Ⅱ、Ⅲ沒有圖片。編者追蹤１９９０～１９９４年歷年之１、２級考題，將其出題趨勢整理出以下重點。

問題Ⅰ的題目傾向於有關：

１、動作順序：預定行程或動作行爲的先後順序等。
２、一般動作：包括全身動作、即將之動作、指定之動作或行爲等。
３、形　　狀：大小、模樣、長短、角度、立體、寬窄等。
４、位　　置：內、外、上、下、前、後、左、右、周邊等。
５、數　　字：重量、價格、度數、度量衡、總數、年齡、正數第幾、倒數第幾等。
６、圖　　表：各種統計圖的辨識。

問題Ⅱ、Ⅲ的題目則傾向於有關：

１、いつ？時間
２、どこ？場所、位置
３、いくら？いくつ？數量
４、どうする？動作
５、誰？何？人稱、名稱、事情
６、どうして？なぜ？理由等問題。

有了以上認識後，相信您已不再恐懼聽力考試範圍之大，不知從何準備起了。在預知考題範圍之大概後，如果您能學會接下來將介紹的『***鎖焦***』功夫，挑戰聽力考試對您而言更能得心應手了。

什麼是『***鎖焦***』的功夫呢？

當您翻開考題，看見問題Ⅰ考題的圖片，到題目卡帶正式播放之間的幾秒鐘時間，以及聽到問題Ⅱ、Ⅲ的問題，而正式對話或談話之卡帶尙未播放間的空白時間，筆者稱之爲『***鎖焦***』時間。而『***鎖焦***』功夫就是指『***鎖焦***』時間內針對看到、聽到之暗示後的大腦立即反應功夫。譬如說，問題Ⅰ的題目上顯示４個統計圖表的話，利用『***鎖焦***』時間您必須立即反應這是有關圖表的考題，然後快速搜索圖片所暗示的有關語彙，像是年代、數字、升高、下降等，接下來就該特別留神聆聽相關情報。再如問題Ⅱ、Ⅲ的題目，一開始聽到「二人は話しています。女の人はこれからどうすればいいでしょうか。」的「どうすれば・・」時，接下來就該特別留神聆聽有關「做什麼動作」的報導。

『*鎖焦*』時間內接受考題的暗示以鎖定焦距，接著聽卡帶時，就可以拋開其他不可能出現的主題，「專心一志」、「胸有成竹」地期待您的獵物落網。當您已預知對方的出招門路後，「見招拆招」地每一句話、每一個單字很神奇的竟能聽得特別清楚。熟悉此技巧後，過去的卡帶都播完了還慌慌張張抓不著頭緒得現象，一定可以避免。

現在讓我們開始從第二章的〔追蹤考題〕來練習並應證上述原則。問題Ⅰ的每一題考古題圖片旁均注有『*焦點字*』，請同學們在練習時，試著一看到圖片便聯想到這些『*焦點字*』，快速地鎖定念頭後，靜待播音、開始作答，並將答案塗在答案欄上。問題Ⅱ、Ⅲ也一樣，問題內容已顯示在每一題的標題上，鎖定主題後，在聆聽問題。

請就以上原則，逐項地練習第三、四章的〔掌握考題〕，來一一熟悉各種題目形態。標準答案在第五章的「讀解內容」上。

第二章

追蹤考題——有圖片之考題
——無圖片之考題

「追蹤考題」

§「動作」、「動作順序」之考題。

1番

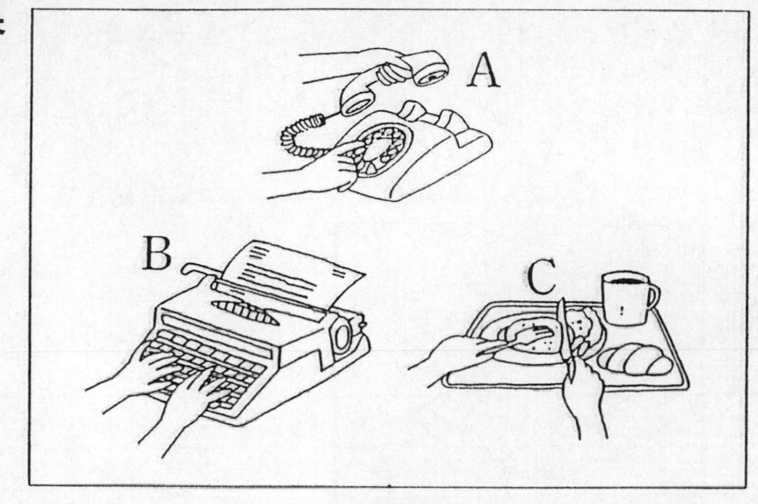

焦點字：

順番（じゅんばん）

食事（しょくじ）する

タイプする

電話（でんわ）する

1. A → B → C
2. C → A → B
3. B → C → A
4. C → B → A

1番	正しい	①②③④
	正しくない	①②③④

2番

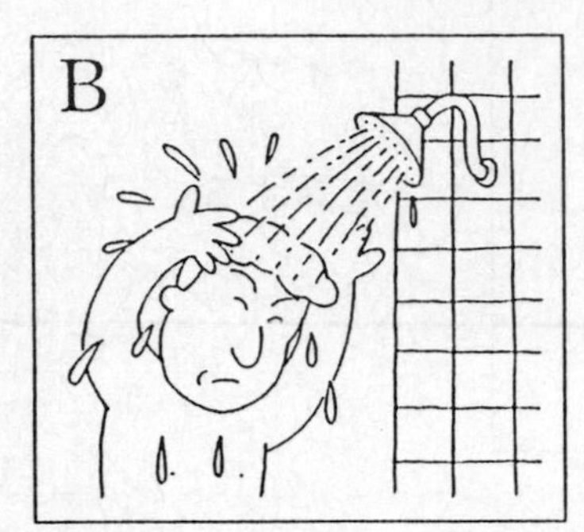

焦點字:

順番(じゅんばん)

ビール

シャワー

電話(でんわ)をする

1. B → A → C
2. B → C → A
3. C → B → A
4. C → A → B

2番	正しい	①②③④
	正しくない	①②③④

3番

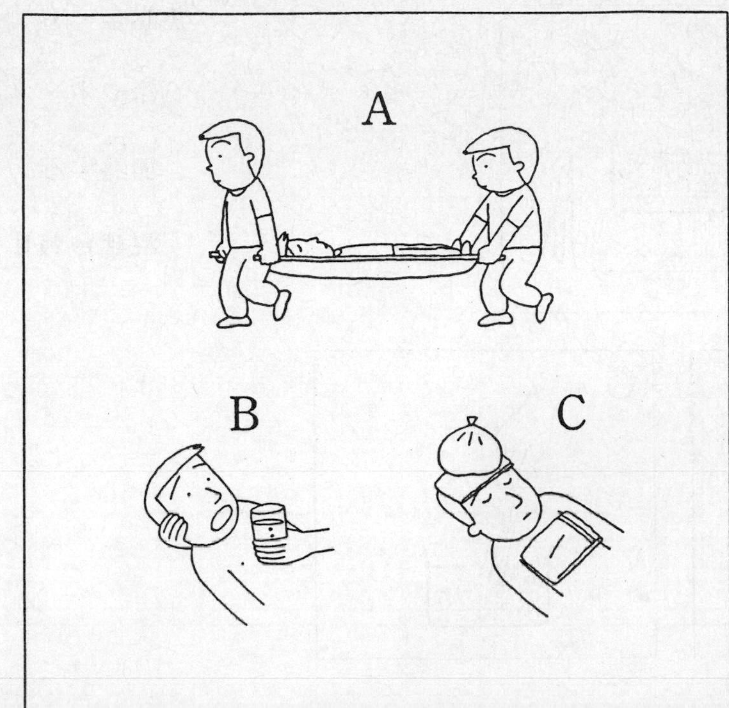

焦點字：

順序（じゅんじょ）

移す（うつす）

体を冷やす（からだをひやす）

タオル

氷（こおり）

頭（あたま）

飲ませる（のませる）

1. A → B → C
2. A → C → B
3. B → A → C
4. B → C → A

3番	正しい	①②③④
	正しくない	①②③④

4番

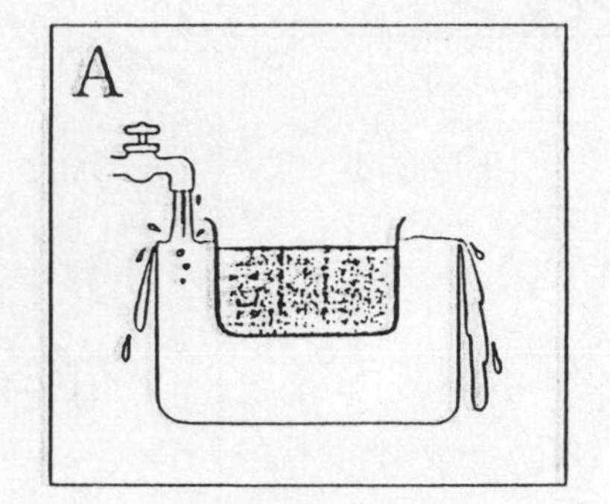

焦點字：

冷(ひ)やす

加熱(かねつ)する

混(ま)ぜ合(あ)わせる

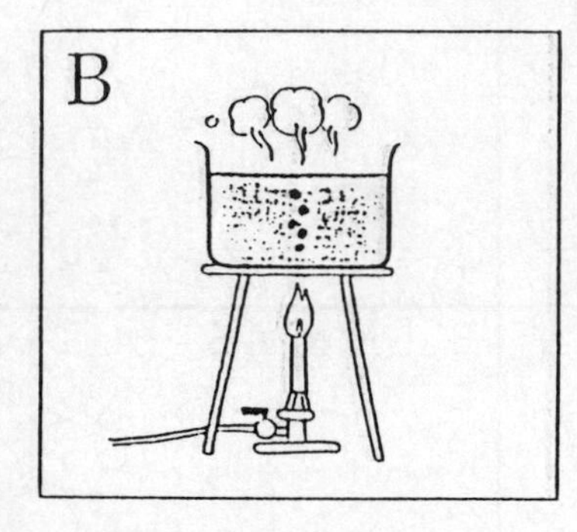

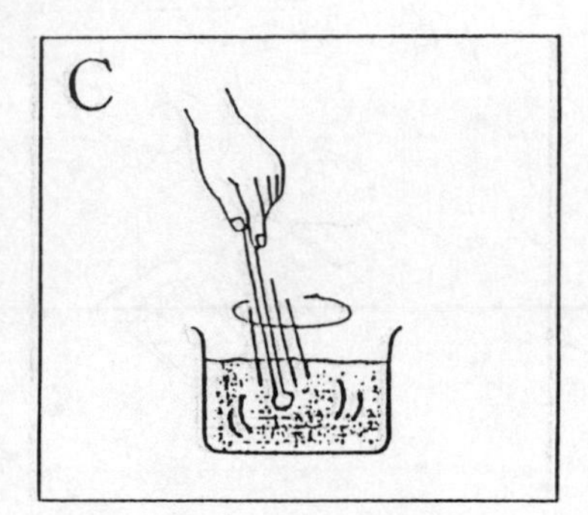

1. A → B → C
2. A → C → B
3. C → A → B
4. C → B → A

4番	正 し い	①②③④
	正しくない	①②③④

5番

A

焦點字:

コック

仕事(しごと)

順番(じゅんばん)

会社員(かいしゃいん)

タクシー

運転手(うんてんしゅ)

パン屋(や)

1. A → B → C
2. A → C → B
3. B → A → C
4. B → C → A

5番	正しい	①②③④
	正しくない	①②③④

6番

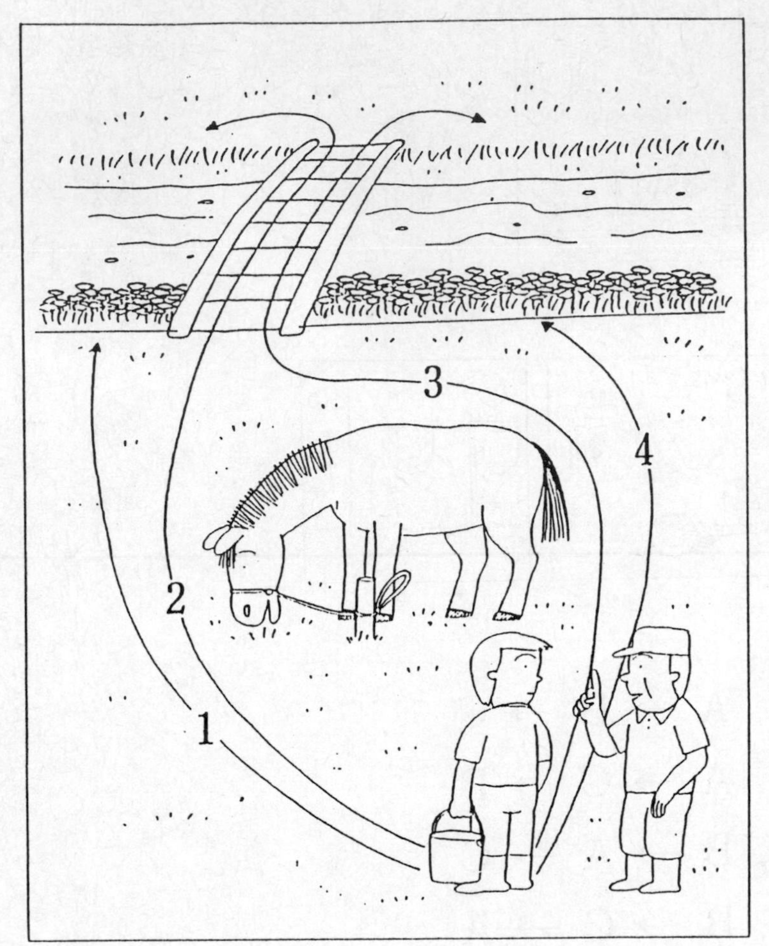

焦點字:

どこを通(とお)る

水(みず)を汲(く)む

馬(うま)

後(うし)ろ

前(まえ)

川(かわ)

こっち側(がわ)

向(む)こう側(がわ)

橋(はし)を渡(わた)る

6番		
	正しい	①②③④
	正しくない	①②③④

7番

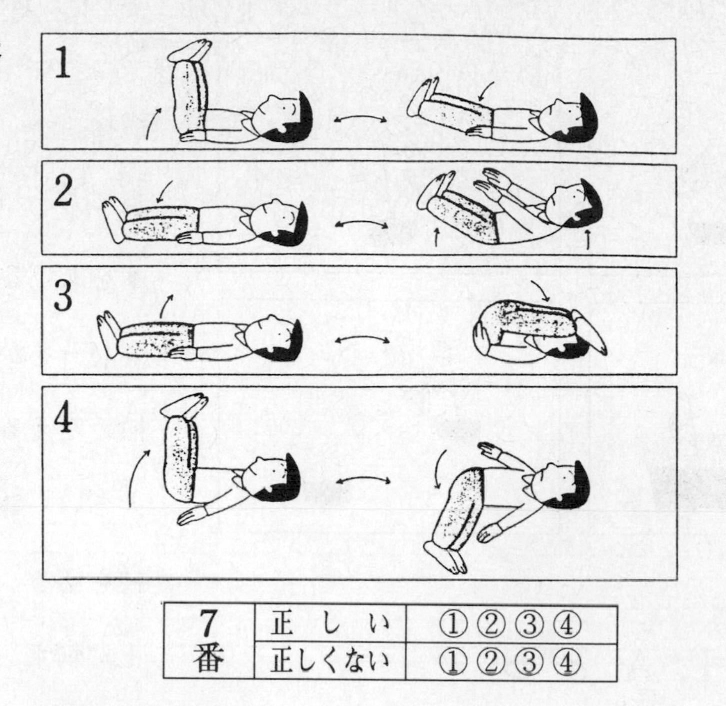

焦點字:

体操（たいそう）

どれ

仰向け（あおむ）

寝る（ね）

足（あし）

伸ばす（の）

上（うえ）に上（あ）げる

直角（ちょっかく）

下（お）ろす　床（ゆか）

7番		
	正しい	①②③④
	正しくない	①②③④

8番

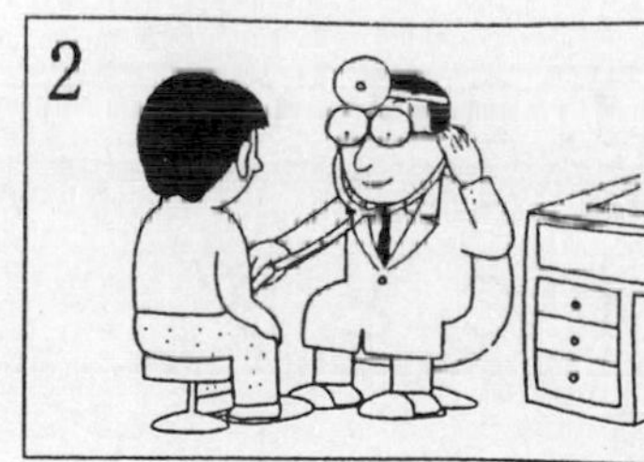

焦點字:

どんな

仕事（しごと）

野球（やきゅう）

医者（いしゃ）

教師（きょうし）

エンジニア

8番		
	正しい	①②③④
	正しくない	①②③④

9番

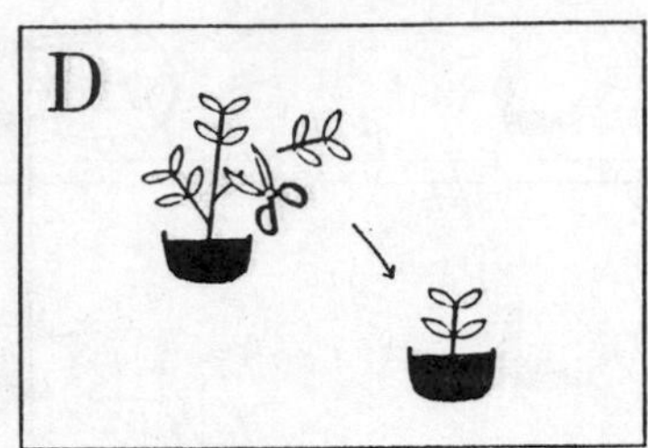

焦點字：

植物（しょくぶつ）

育（そだ）て方（かた）

水（みず）をあげる

カバーをかける

植（う）え変（か）える

大（おお）きい　鉢（はち）

枝（えだ）を切（き）る

土（つち）に刺（さ）す

1. A と B

2. A と C

3. B と C

4. C と D

9番	正しい	①②③④
	正しくない	①②③④

10番

焦點字：

両手（りょうて）

右手（みぎて）

手（て）を叩（たた）く

上（うえ）に挙（あ）げる

手（て）のひら

向（む）ける

横（よこ）に伸（の）ばす

10番	正しい	①②③④
	正しくない	①②③④

§以上屬於「動作」之題目。

§「場所」、「位置」之題目。

1番

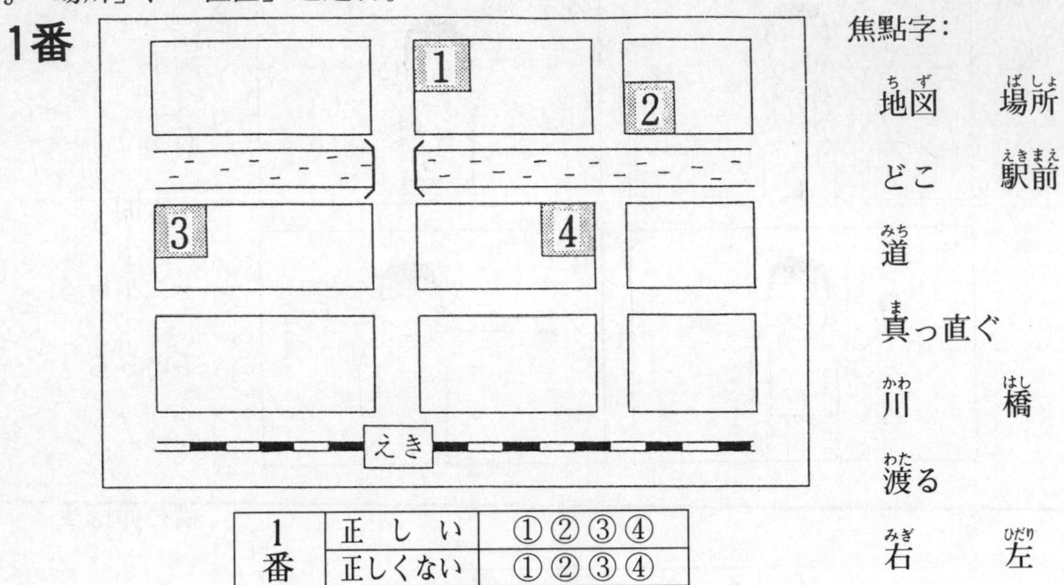

1番	正しい	①②③④
	正しくない	①②③④

焦點字：

地図(ちず)　場所(ばしょ)

どこ　駅前(えきまえ)

道(みち)

真(ま)っ直ぐ

川(かわ)　橋(はし)

渡(わた)る

右(みぎ)　左(ひだり)

2番

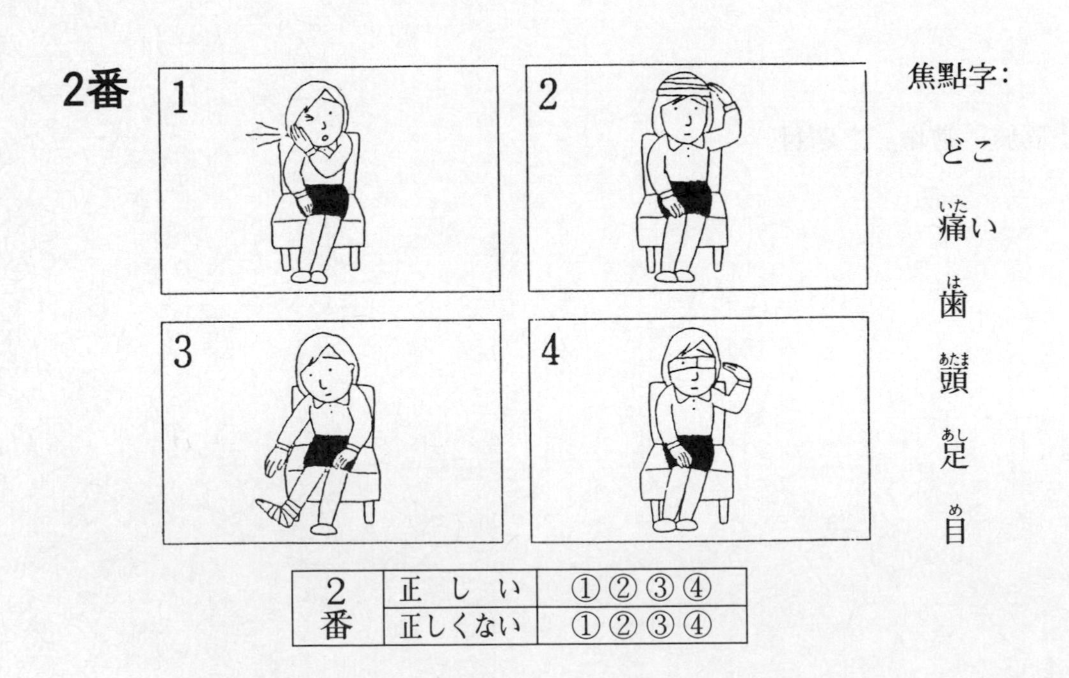

2番	正しい	①②③④
	正しくない	①②③④

焦點字：

どこ

痛(いた)い

歯(は)

頭(あたま)

足(あし)

目(め)

3番

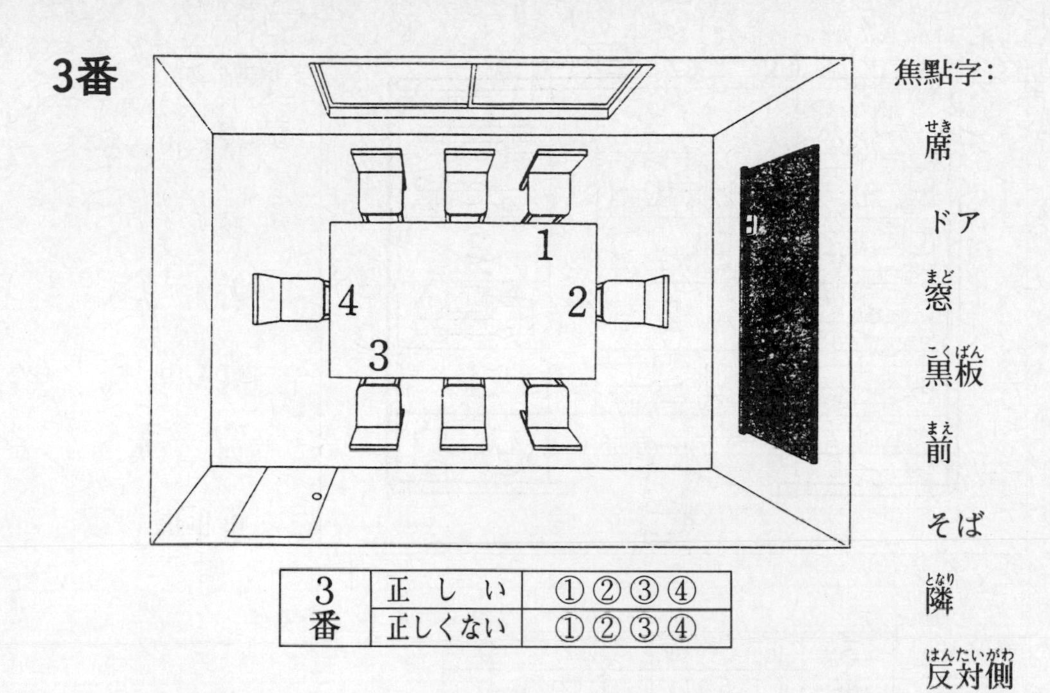

3番		
	正しい	①②③④
	正しくない	①②③④

焦點字：

席（せき）

ドア

窓（まど）

黒板（こくばん）

前（まえ）

そば

隣（となり）

反対側（はんたいがわ）

4番

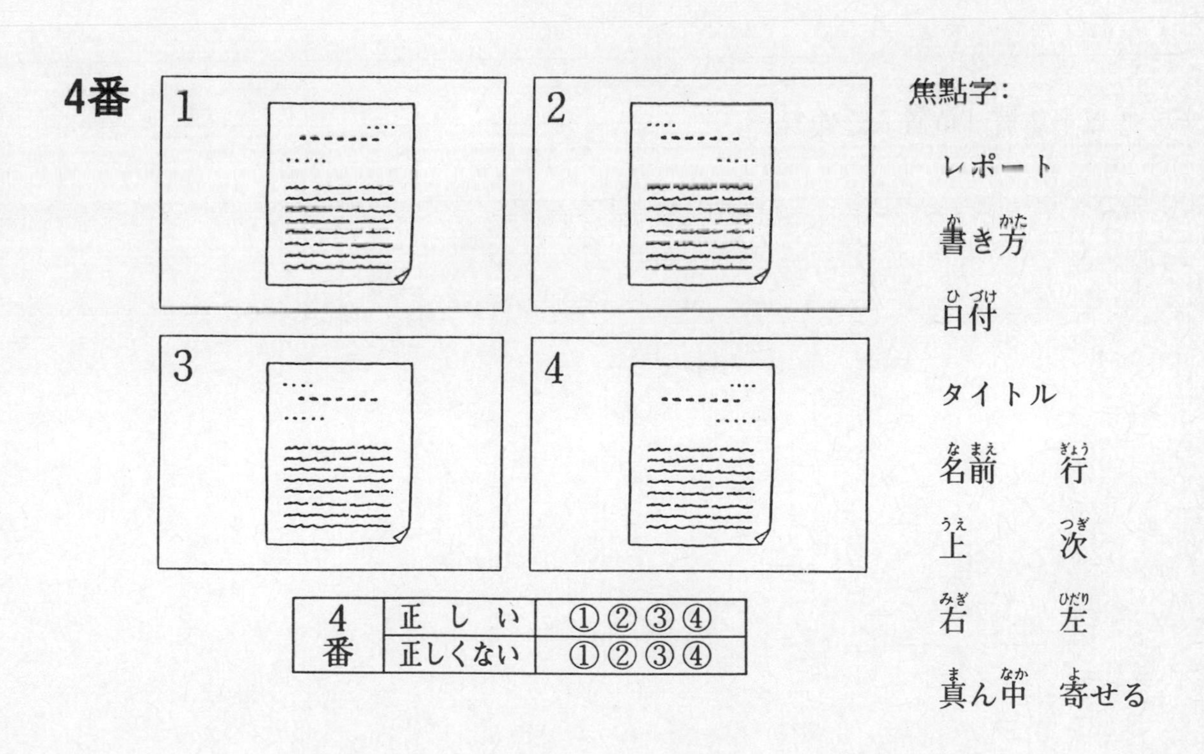

4番		
	正しい	①②③④
	正しくない	①②③④

焦點字：

レポート

書き方（かきかた）

日付（ひづけ）

タイトル

名前（なまえ）　行（ぎょう）

上（うえ）　次（つぎ）

右（みぎ）　左（ひだり）

真ん中（まんなか）　寄せる（よせる）

5番

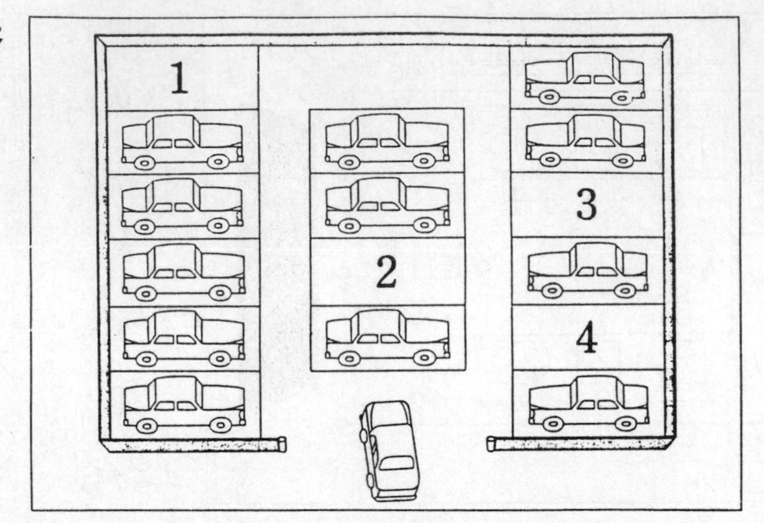

焦點字：

車を止める

場所

右　左

真ん中

列　奥

駐車場

5番	正しい	①②③④
	正しくない	①②③④

§以上屬於「位置」之題目。

§「形状」之考題。

1番

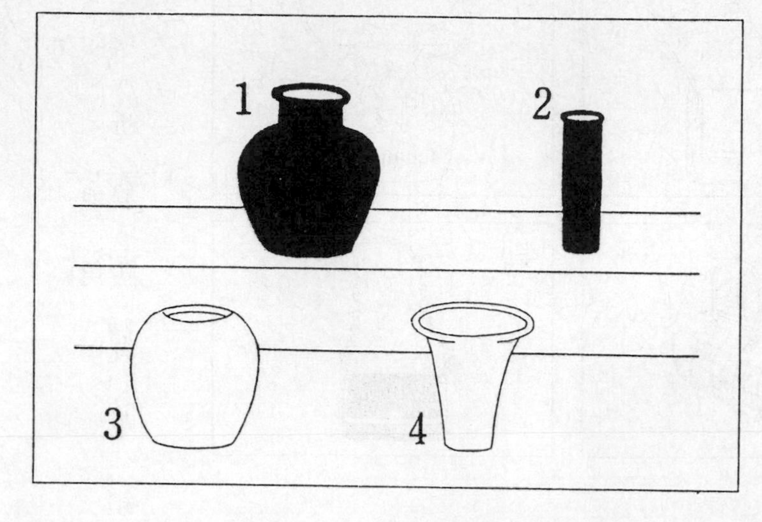

1番		
	正しい	①②③④
	正しくない	①②③④

焦點字:

花瓶(かびん)

上(うえ)　下(した)

細長い(ほそながい)

首(くび)　口(くち)

広い(ひろい)

狭い(せまい)

丸い(まるい)

小さい(ちいさい)

黒い(くろい)

2番

2番		
	正しい	①②③④
	正しくない	①②③④

焦點字!

どの人(ひと)

黒い(くろい)　白い(しろい)

セーター

背広(せびろ)　半袖(はんそで)

眼鏡(めがね)　鞄(かばん)

持つ(もつ)

下げる(さげる)

3番

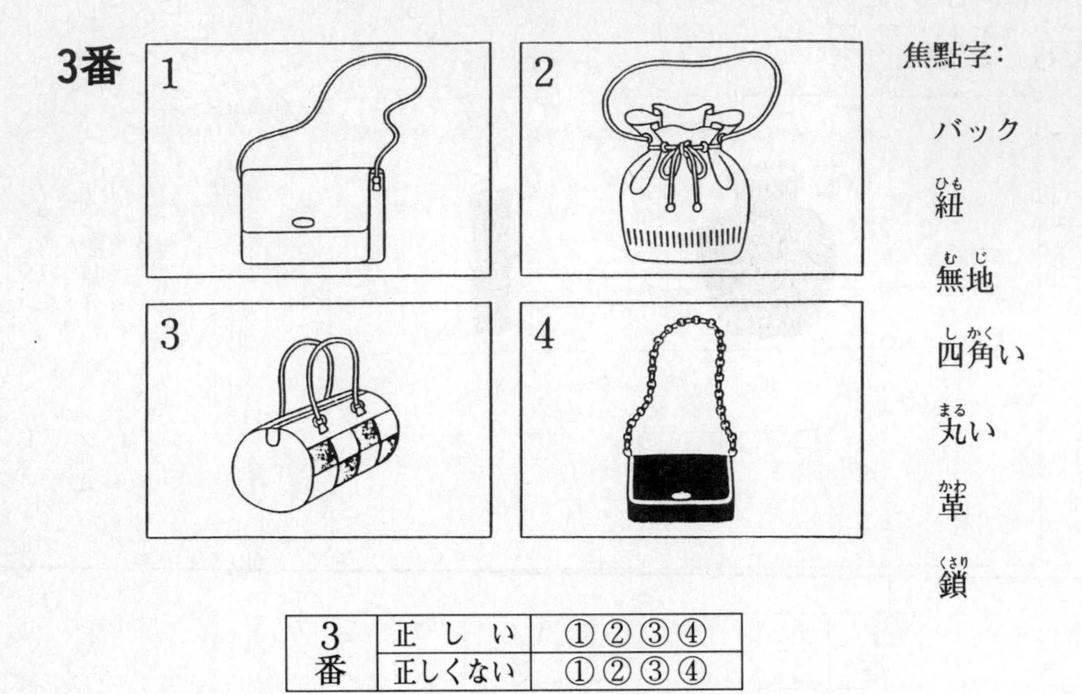

焦點字：

バック

紐（ひも）

無地（むじ）

四角い（しかくい）

丸い（まるい）

革（かわ）

鎖（くさり）

3番	正 し い	①②③④
	正しくない	①②③④

4番

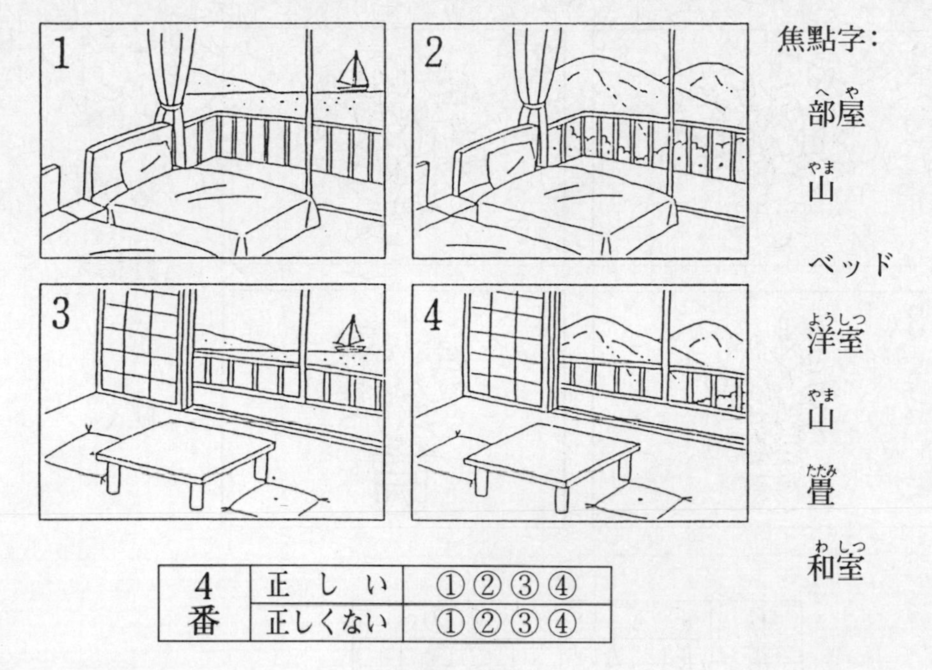

焦點字：

部屋(へや)

山(やま)

ベッド

洋室(ようしつ)

山(やま)

畳(たたみ)

和室(わしつ)

4番		
	正　し　い	①②③④
	正しくない	①②③④

5番

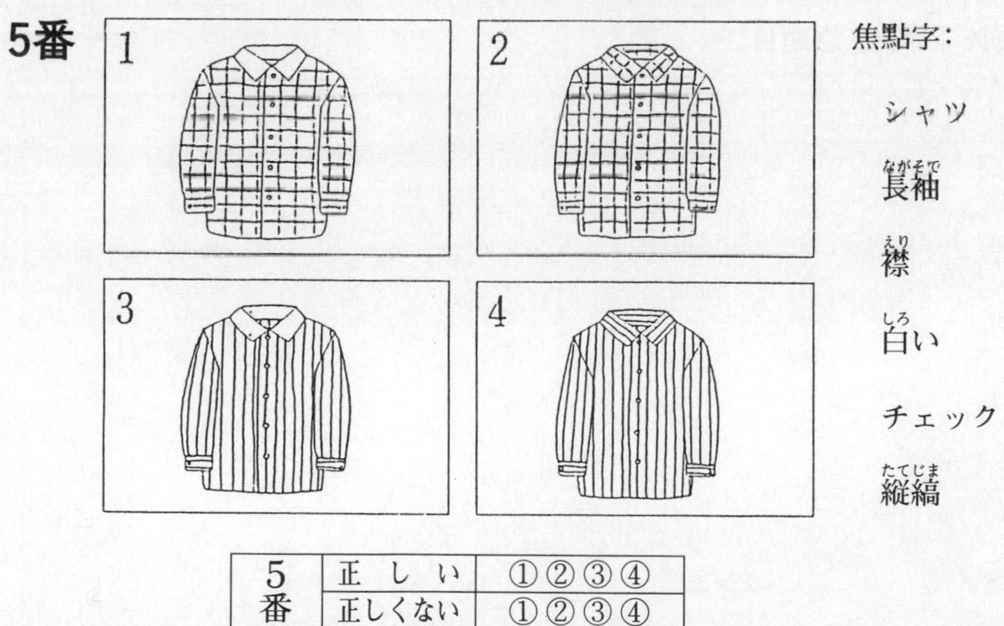

焦點字：

シャツ

長袖(ながそで)

襟(えり)

白(しろ)い

チェック

縦縞(たてじま)

5番		
	正　し　い	①②③④
	正しくない	①②③④

6番

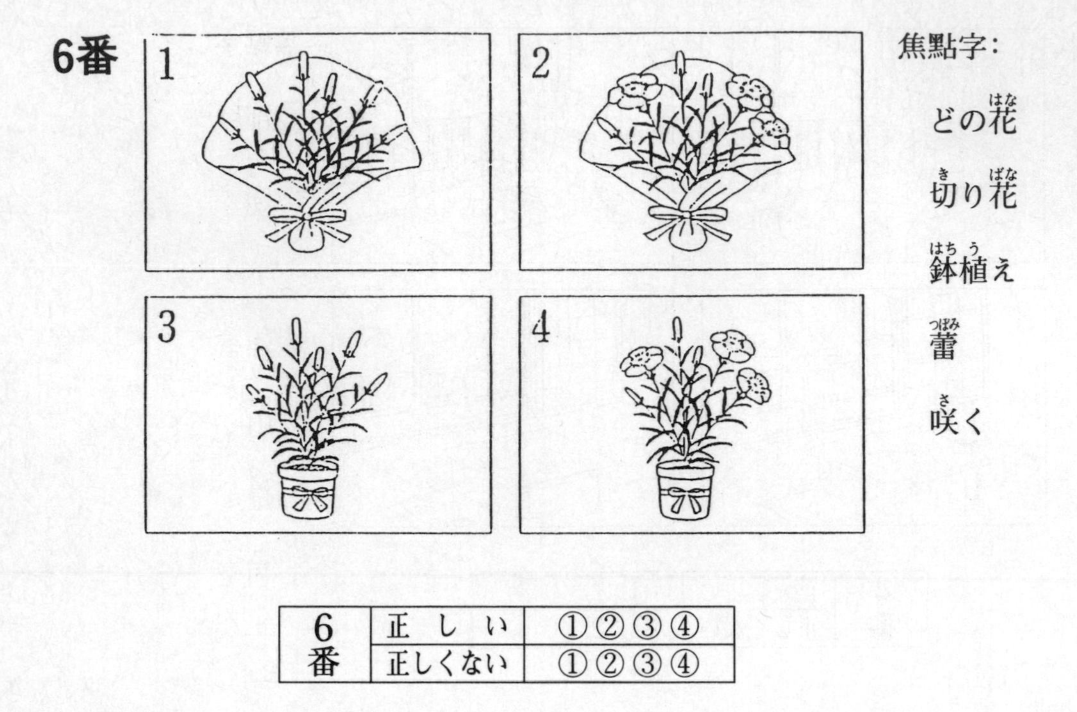

焦點字：

どの花（はな）

切（き）り花（ばな）

鉢植（はちう）え

蕾（つぼみ）

咲（さ）く

6番		
	正しい	①②③④
	正しくない	①②③④

§以上屬於「形状」之題目。

§「数字」之考題。

1番

1.	7：50
2.	9：40
3.	11：00
4.	13：00

焦點字：

何時（なんじ）

7時45分（しちじよんじゅうごふん）

9時40分（くじよんじゅっぷん）

ちょうど11時（じゅういちじ）

13時（じゅうさんじ）

午後1時（ごごいちじ）

1番	正　し　い	①②③④
	正しくない	①②③④

2番

1

2

3

4

焦點字：

どの

切手（きって）

1円（いちえん）

2円（にえん）

41円（よんじゅういちえん）

62円（ろくじゅうにえん）

2番	正　し　い	①②③④
	正しくない	①②③④

§「図表」之題目。

1番

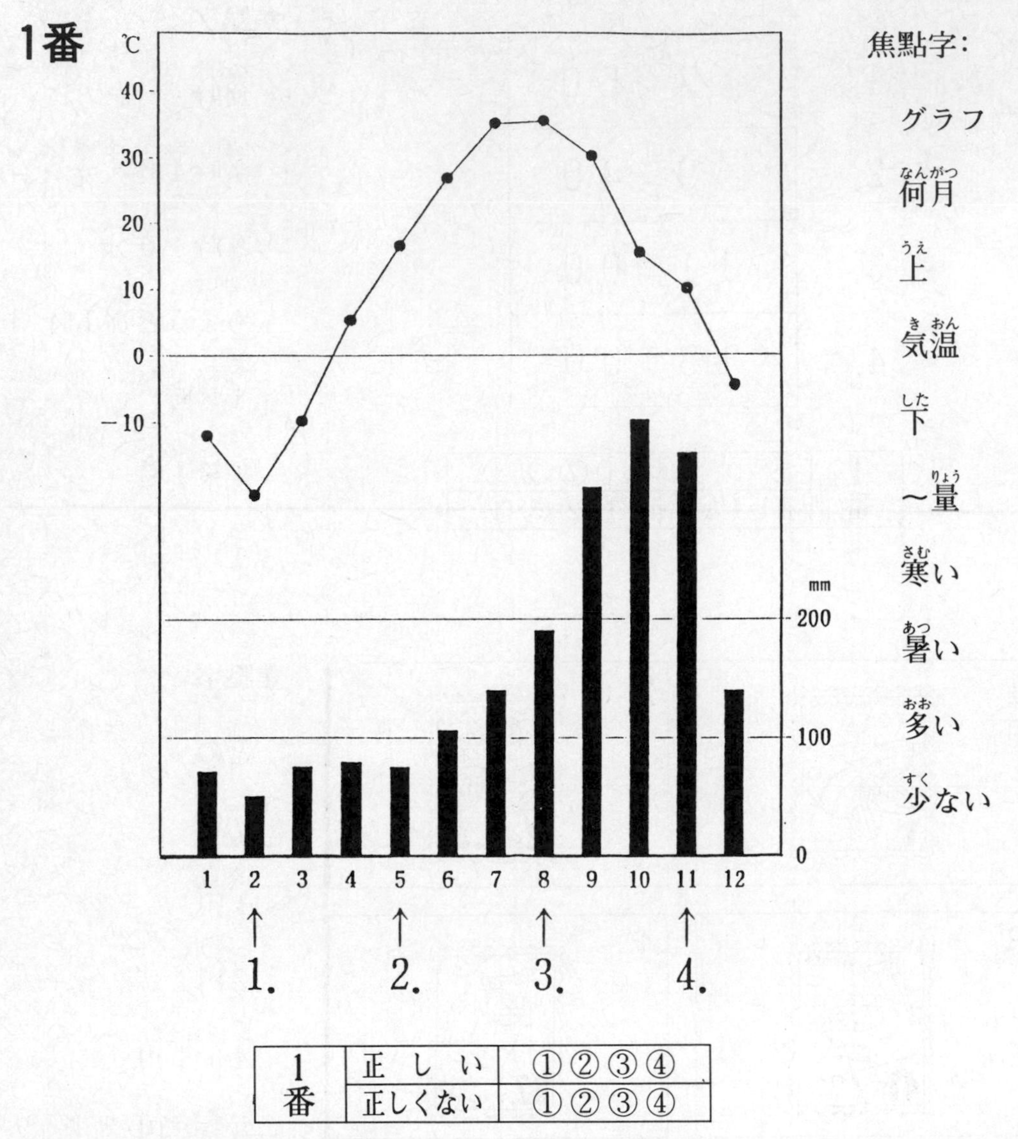

焦點字：

グラフ

何月（なんがつ）

上（うえ）

気温（きおん）

下（した）

～量（りょう）

寒い（さむい）

暑い（あつい）

多い（おおい）

少ない（すくない）

1番	正しい	①②③④
	正しくない	①②③④

2番

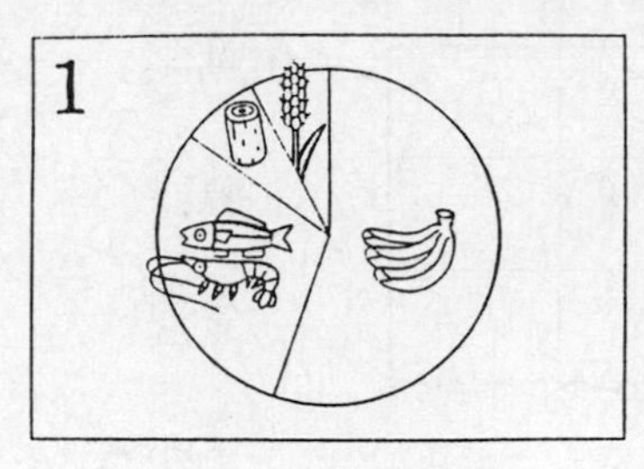

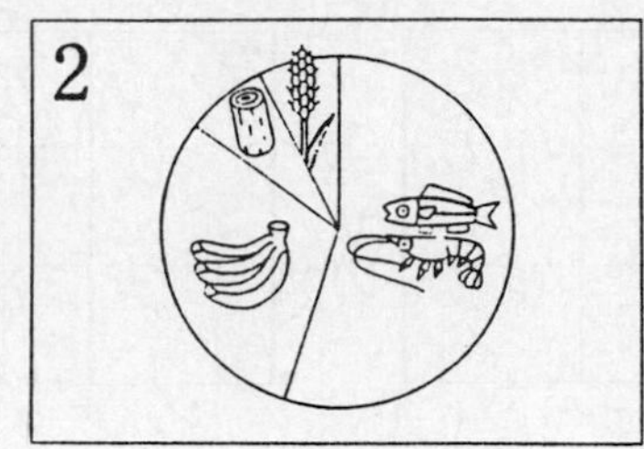

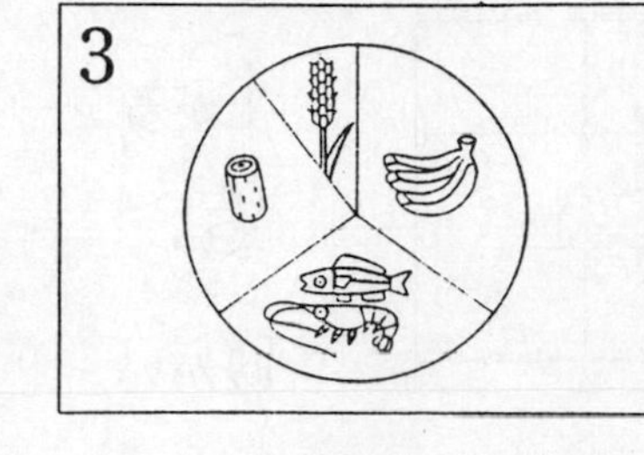

4

2番	正しい	①②③④
	正しくない	①②③④

焦點字:

グラフ

物（もの）

魚（さかな）

海老（えび）

バナナ

木材（もくざい）

米（こめ）

半分（はんぶん）

3番

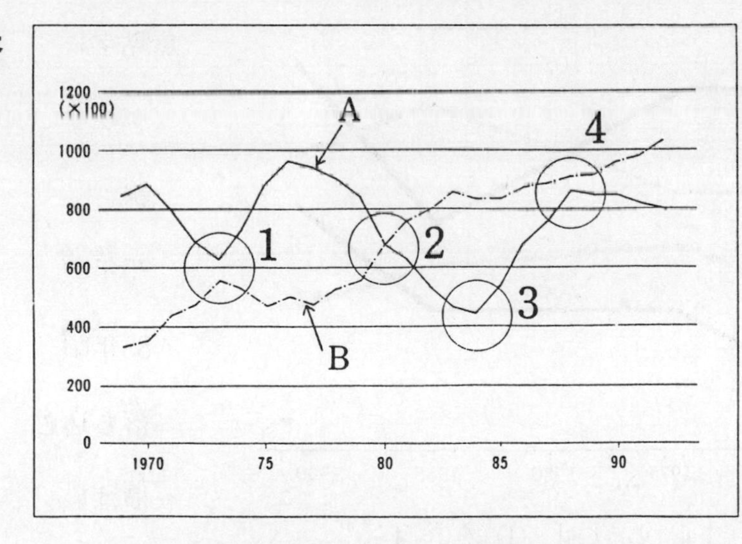

3番	正しい	①②③④
	正しくない	①②③④

焦點字:

グラフ

部分（ぶぶん）

A

B

～年（ねん）

低（ひく）くなる

伸（の）びる

近（ちか）づく

4番

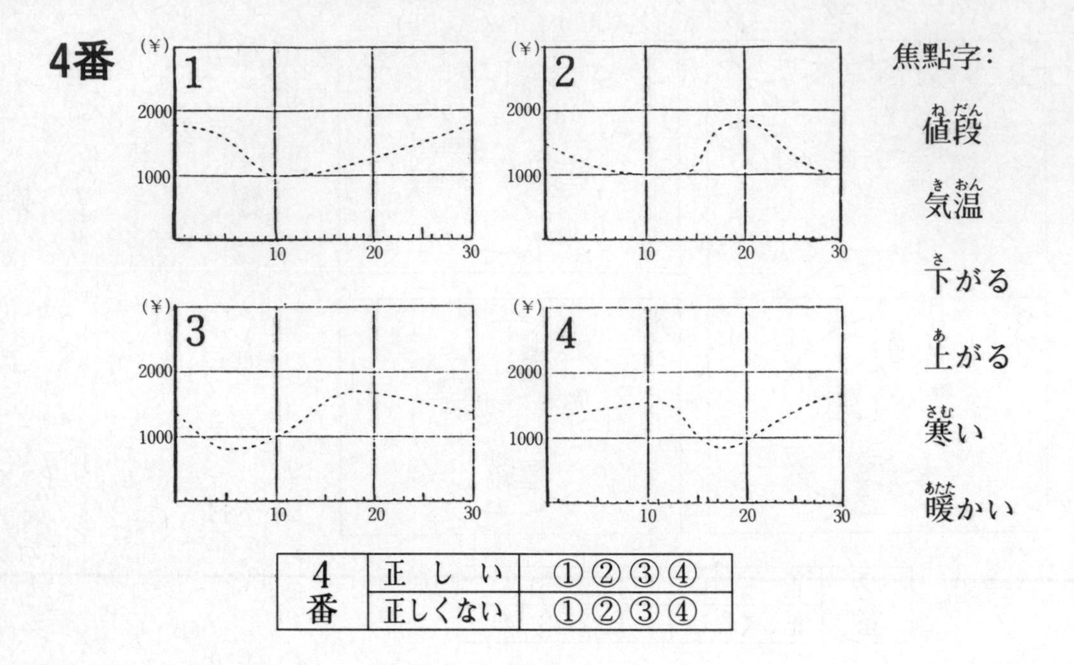

焦點字:

値段(ねだん)

気温(きおん)

下(さ)がる

上(あ)がる

寒(さむ)い

暖(あたた)かい

4番	正しい	①②③④
	正しくない	①②③④

5番

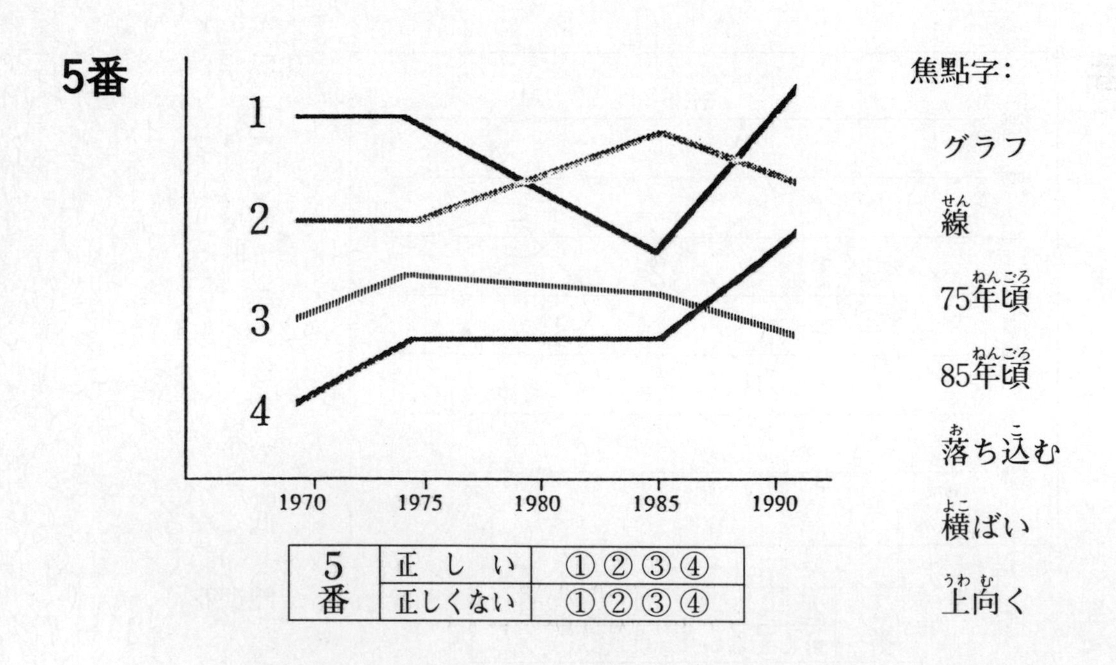

焦點字:

グラフ

線(せん)

75年頃(ねんごろ)

85年頃(ねんごろ)

落(お)ち込(こ)む

横(よこ)ばい

上向(うわむ)く

5番	正しい	①②③④
	正しくない	①②③④

§以上屬於「圖表」之題目。

追蹤考題—無圖片之考題

§「いつ、時間」之考題。

1番　女の人が市場で買い物をしています。「メバダイ」という魚が一番おいしいのは何月ですか。

1番	正　し　い	①②③④
	正しくない	①②③④

2番　三人の人が会う日を相談しています。三人はいつ会うことができますか。

2番	正　し　い	①②③④
	正しくない	①②③④

§「場所、位置」之考題。

1番　高校で学生達が進学の相談をします。第一希望が私立大学の男の学生はどこで待てばいいですか。私立大学の男子です。

1番	正　し　い	①②③④
	正しくない	①②③④

2番　女の人の家の中は雨で濡れてしまいました。女の人は雨水がどこから入ったかと思っていますか。

2番	正　し　い	①②③④
	正しくない	①②③④

§「いくら、いくつ、数量」的考題。

1番　女の人が図書館で本を借ります。女の人は何冊まで、何週間借りることができますか。

1番	正　し　い	①②③④
	正しくない	①②③④

2番　女子学生がアルバイトの面接に来ました。一週間にどのくらい働くことになりましたか。

2番	正　し　い	①②③④
	正しくない	①②③④

3番　男の人はスポーツクラブに入るつもりです。入会金と会費を合わせて、いくら払いますか。

3番	正　し　い	①②③④
	正しくない	①②③④

§「どうする、動作」的考題。

1番　男の人が病院に電話をかけています。男の人はいつ、どうしますか。

1番	正　し　い	①②③④
	正しくない	①②③④

2番　二人の学生が話しています。今度の水曜日二人はどうするつもりですか。

2番	正　し　い	①②③④
	正しくない	①②③④

§「誰、何」的考題。

1番　男の人が女の人と電話で話しています。女の人の部屋には誰が来ていますか。

1番	正　し　い	①②③④
	正しくない	①②③④

2番　二人の人が話しています。押し売りというのはどんな人のことですか。

2番	正　し　い	①②③④
	正しくない	①②③④

3番　会社の社長が講演をしています。「プロアシン」という製品の原料は何ですか。　　　　　　　　　　　　　（１９９３年２級考題）

3番	正　し　い	①②③④
	正しくない	①②③④

4番　学生がパーティについて話し合っています。何を最初に決めることになりましたか。

4番	正　し　い	①②③④
	正しくない	①②③④

§「どうして、なぜ、理由」的考題。

1番　男の人はなぜアルバイトを断ったのですか。

1番	正　し　い	①②③④
	正しくない	①②③④

2番　男の人と女の人がサッカーについて、話しています。女の人がサッカーを見に行く一番の理由は何ですか。

2番	正　し　い	①②③④
	正しくない	①②③④

第三章

掌握考題——有圖片之考題

「掌握考題」

現在讓我們逐一地熟練歷年來問題Ⅰ所顯現出的考題趨勢，首先是有關動作的

『動作順序』問題:

1番

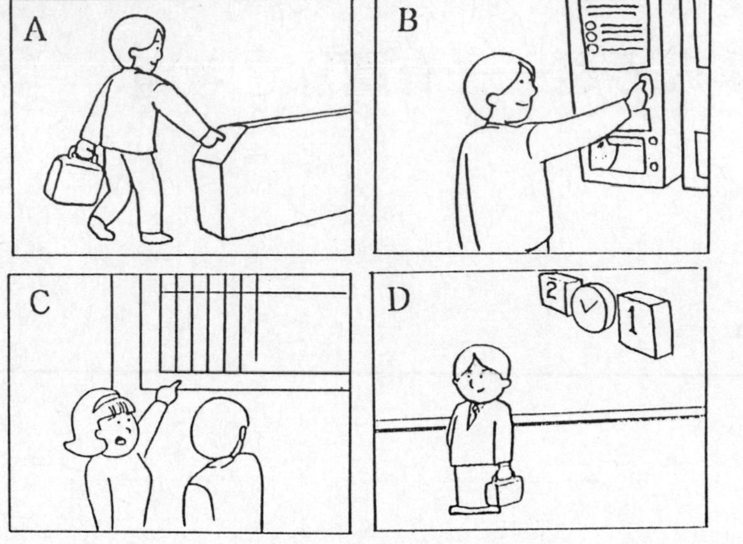

焦點字:

- 順番（じゅんばん）
- 切符（きっぷ）を入（い）れる
- 自動販売機（じどうはんばいき）
- お金（かね）を入（い）れる
- 料金表（りょうきんひょう）
- ホームに行（い）く

1. A ⇨ B ⇨ C ⇨ D

2. C ⇨ B ⇨ A ⇨ D

3. B ⇨ A ⇨ D ⇨ C

4. D ⇨ C ⇨ B ⇨ A

1番	正しい	①②③④
	正しくない	①②③④

2番

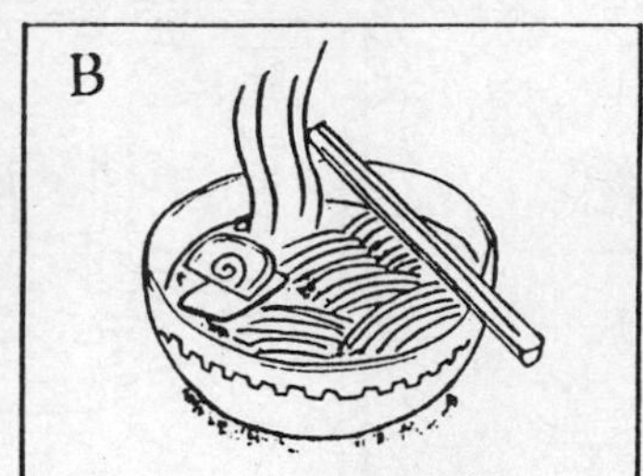

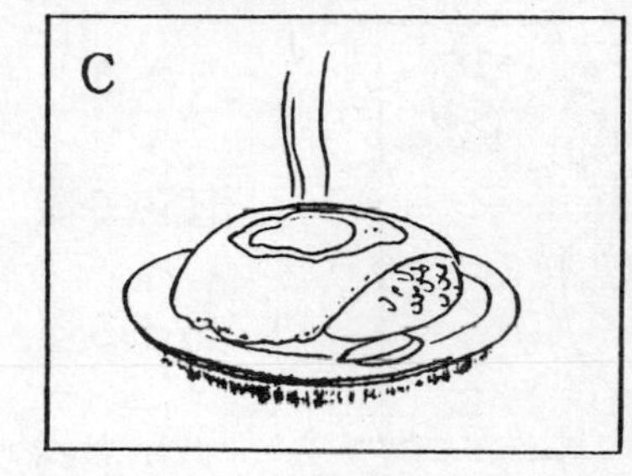

焦點字：

順番（じゅんばん）

トンカツ定食（ていしょく）

ビールと焼（や）き鳥（とり）

オムライス

ラーメン

1. C ⇨ D ⇨ A ⇨ B
2. D ⇨ A ⇨ C ⇨ B
3. A ⇨ B ⇨ C ⇨ D
4. C ⇨ A ⇨ D ⇨ B

2番		
	正しい	①②③④
	正しくない	①②③④

3番

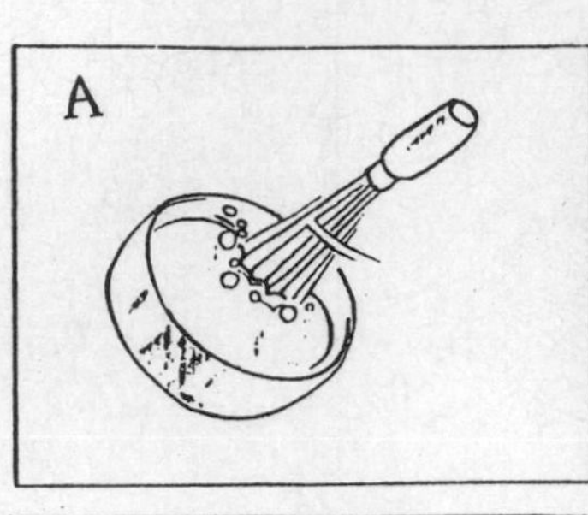

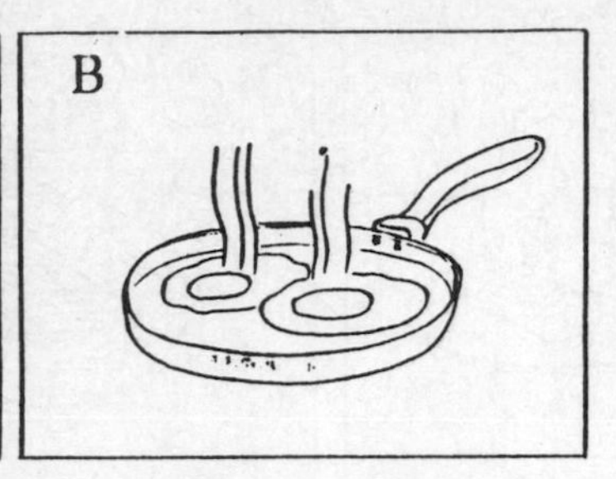

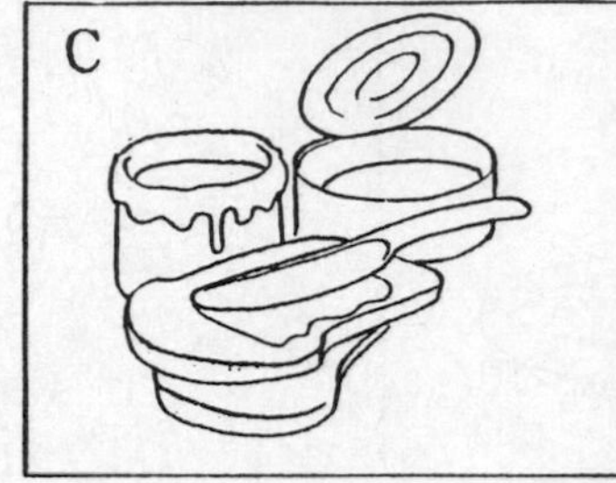

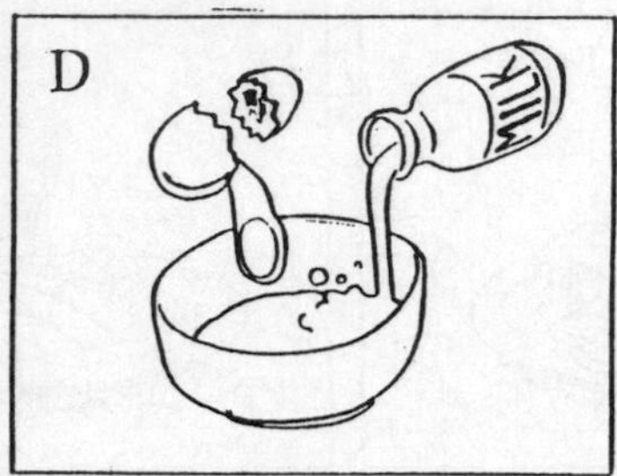

焦點字：

順番（じゅんばん）

牛乳（ぎゅうにゅう）

卵（たまご）

入（い）れる

泡（あわ）立（た）て器（き）

混（ま）ぜる

フライパン

焼（や）く

バター

ハチミツ

塗（ぬ）る

1. A ⇨ B ⇨ C ⇨ D

2. D ⇨ A ⇨ B ⇨ C

3. C ⇨ D ⇨ A ⇨ B

4. B ⇨ C ⇨ D ⇨ A

3番	正しい	①②③④
	正しくない	①②③④

4番

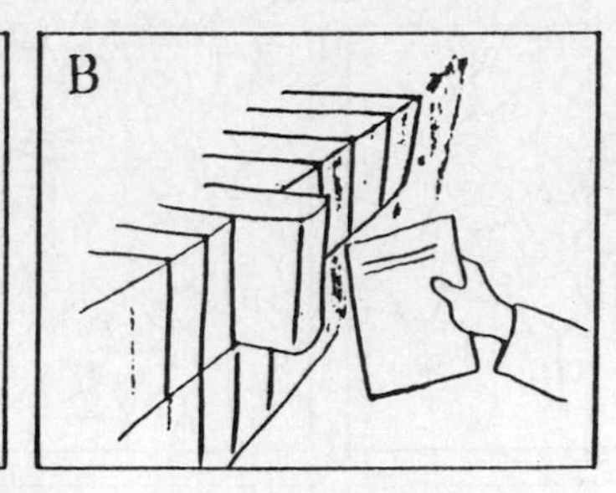

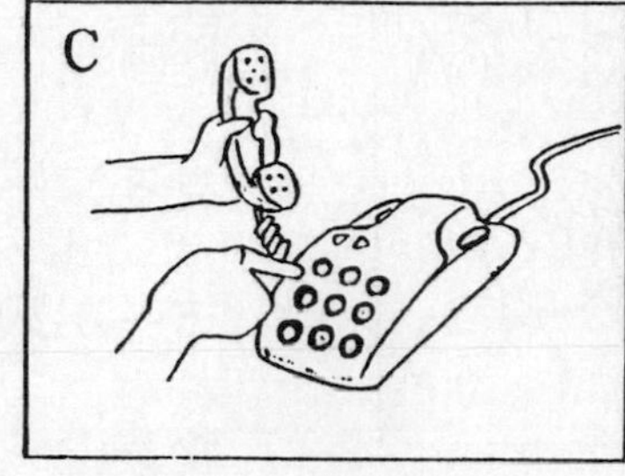

焦點字：

順番（じゅんばん）

ファックスする

ファイル

電話（でんわ）する

コピーする

1. A ⇨ D ⇨ B ⇨ C
2. A ⇨ B ⇨ D ⇨ C
3. D ⇨ A ⇨ B ⇨ C
4. D ⇨ C ⇨ A ⇨ B

4番	正しい	①②③④
	正しくない	①②③④

5番

焦點字:

順番（じゅんばん）

ハンバーガー

食（た）べる

映画（えいが）

見（み）る

ボーリング

喫茶店（きっさてん）

1. B ⇨ A ⇨ D ⇨ C

2. A ⇨ B ⇨ D ⇨ C

3. A ⇨ B ⇨ C ⇨ D

4. B ⇨ A ⇨ C ⇨ D

5番	正しい	①②③④
	正しくない	①②③④

6番

焦點字:

大学卒業(だいがくそつぎょう)

アメリカ留学(りゅうがく)

太陽商事(たいようしょうじ)

会社(かいしゃ)を作(つく)る

1. A ⇨ B ⇨ C ⇨ D

2. A ⇨ D ⇨ C ⇨ B

3. C ⇨ D ⇨ A ⇨ B

4. D ⇨ C ⇨ A ⇨ B

6番	正しい	①②③④
	正しくない	①②③④

7番

1.

2.

3.

4.

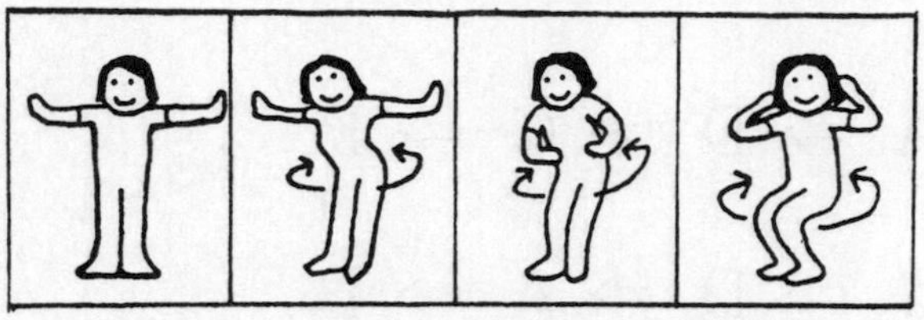

7番	正しい	①②③④
	正しくない	①②③④

焦點字：

順番（じゅんばん）

腕（うで）

上へ（うえ）

真っ直ぐ（まっすぐ）

伸ばす（のばす）

円をかく（えん）

下ろす（おろす）

肩（かた）

腰（こし）

回す（まわす）

当てる（あてる）

ひねる

8番

A

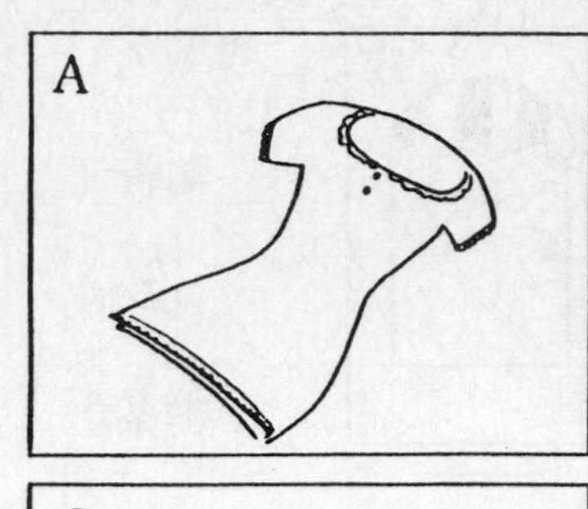

B

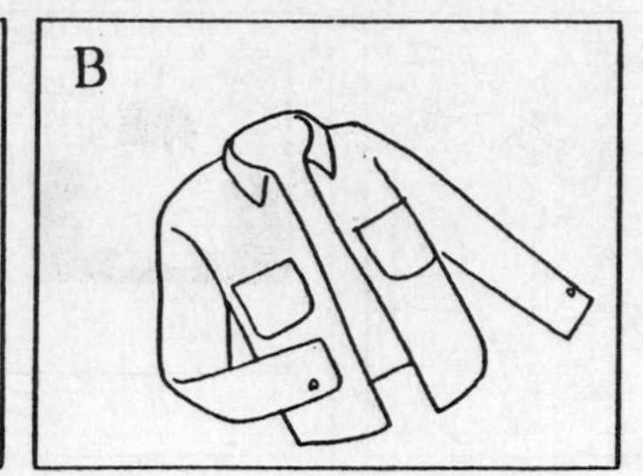

C

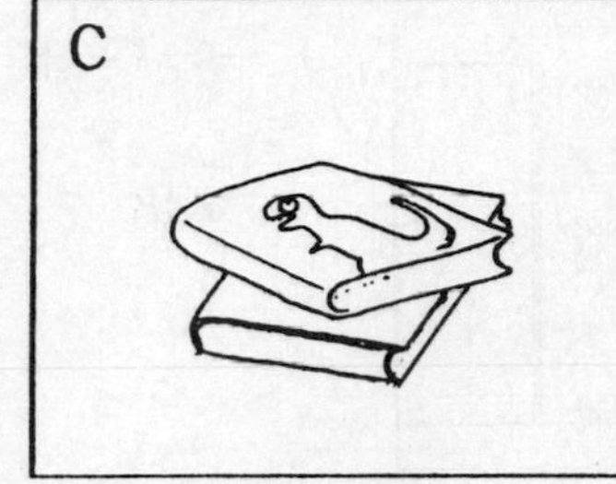

D

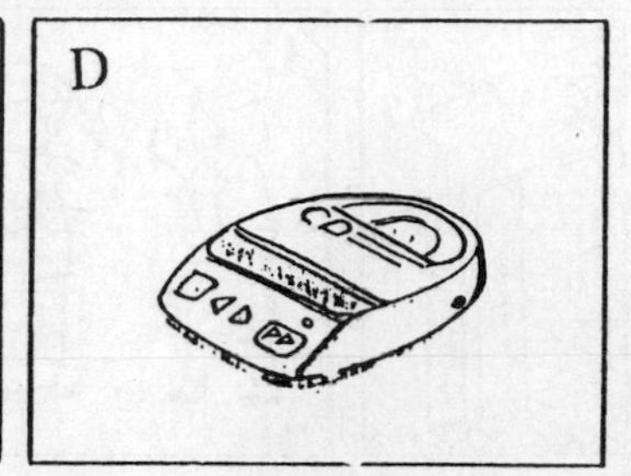

焦點字:

順番(じゅんばん)

ワンピース

シャツ

子供(こども)の絵本(えほん)

CDプレーヤー

ワンピース

1. D ⇨ C ⇨ B ⇨ A

2. A ⇨ B ⇨ D ⇨ C

3. B ⇨ A ⇨ C ⇨ D

4. B ⇨ D ⇨ C ⇨ A

8番	正しい	①②③④
	正しくない	①②③④

9番

焦點字：

順番（じゅんばん）

コンサート

喫茶店（きっさてん）

デパート

学校（がっこう）

1. A ⇨ B ⇨ C ⇨ D

2. D ⇨ C ⇨ B ⇨ A

3. B ⇨ D ⇨ A ⇨ C

4. D ⇨ B ⇨ C ⇨ A

9番	正しい	①②③④
	正しくない	①②③④

10番

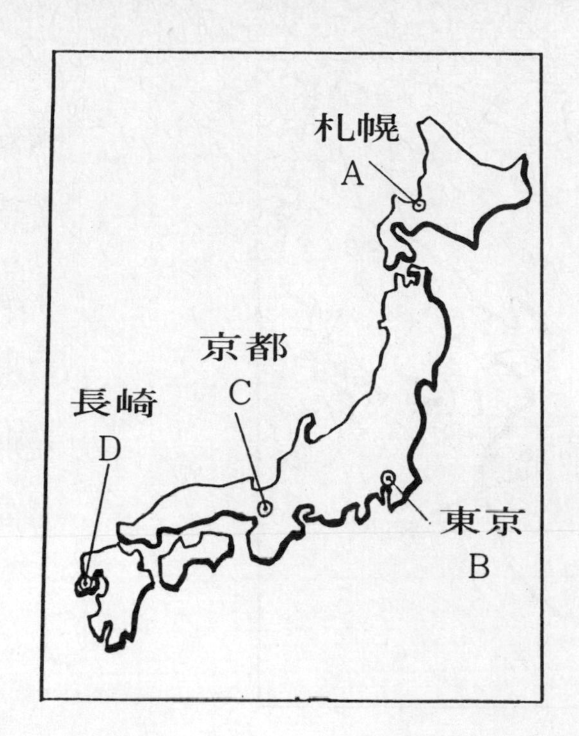

焦點字：

順番（じゅんばん）

東京（とうきょう）

京都（きょうと）

北海道（ほっかいどう）

九州（きゅうしゅう）

1. A ⇨ C ⇨ B ⇨ D

2. A ⇨ D ⇨ C ⇨ B

3. C ⇨ B ⇨ A ⇨ D

4. D ⇨ A ⇨ C ⇨ B

10番	正しい	①②③④
	正しくない	①②③④

11番

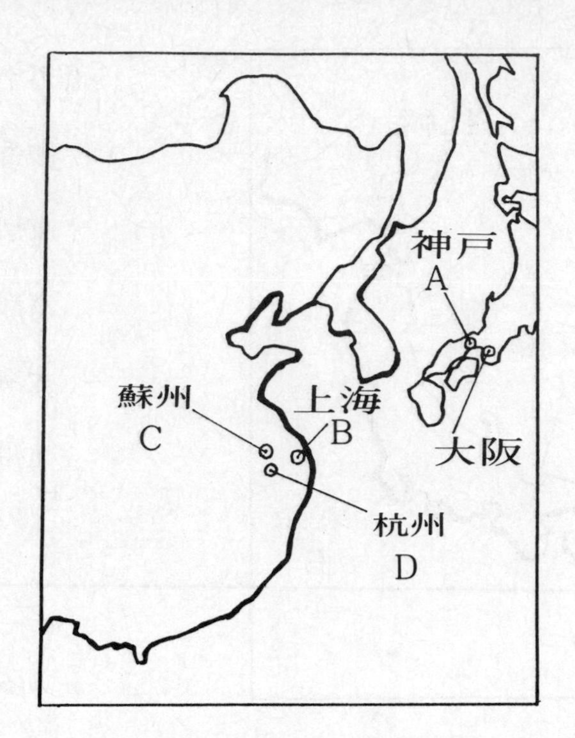

焦點字：

順番（じゅんばん）

大阪（おおさか）

上海（しゃんはい）

蘇州（そしゅう）

杭州（こうしゅう）

神戸（こうべ）

1. A ⇨ B ⇨ C ⇨ D ⇨ B

2. B ⇨ D ⇨ C ⇨ B ⇨ A

3. A ⇨ B ⇨ C ⇨ D ⇨ A

4. B ⇨ C ⇨ D ⇨ B ⇨ A

11番	正しい	①②③④
	正しくない	①②③④

§接著來練習動作的 『一般動作、指定動作』 等題目：

12番

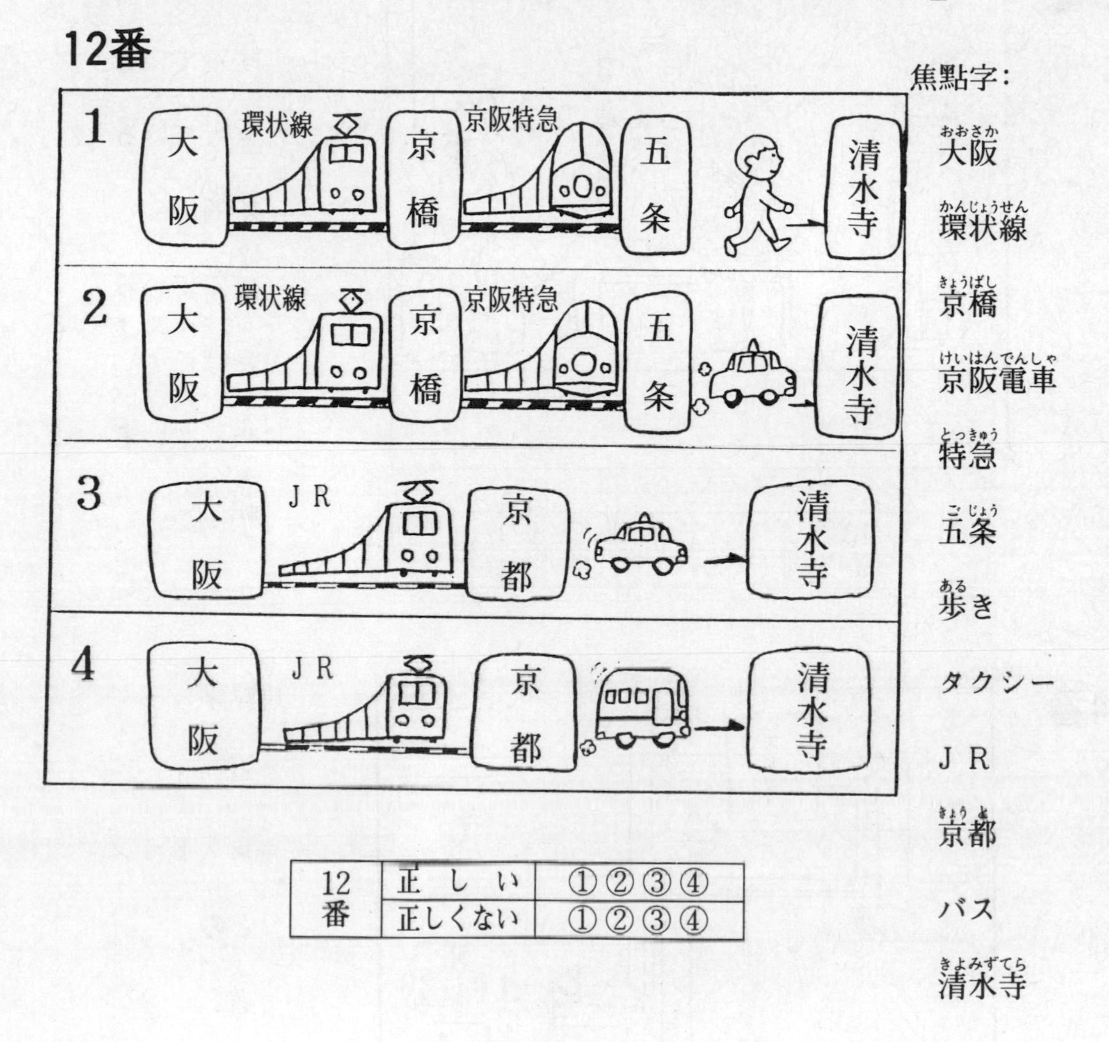

焦點字：

大阪（おおさか）

環状線（かんじょうせん）

京橋（きょうばし）

京阪電車（けいはんでんしゃ）

特急（とっきゅう）

五条（ごじょう）

歩（ある）き

タクシー

JR

京都（きょうと）

バス

清水寺（きよみずてら）

12番	正しい	①②③④
	正しくない	①②③④

13番

13番	正 し い	①②③④
	正しくない	①②③④

焦點字：

座(すわ)っている

立(た)っている

新聞(しんぶん)

読(よ)んでいる

たばこ

吸(す)っている

帽子(ぼうし)

かぶっている

14番

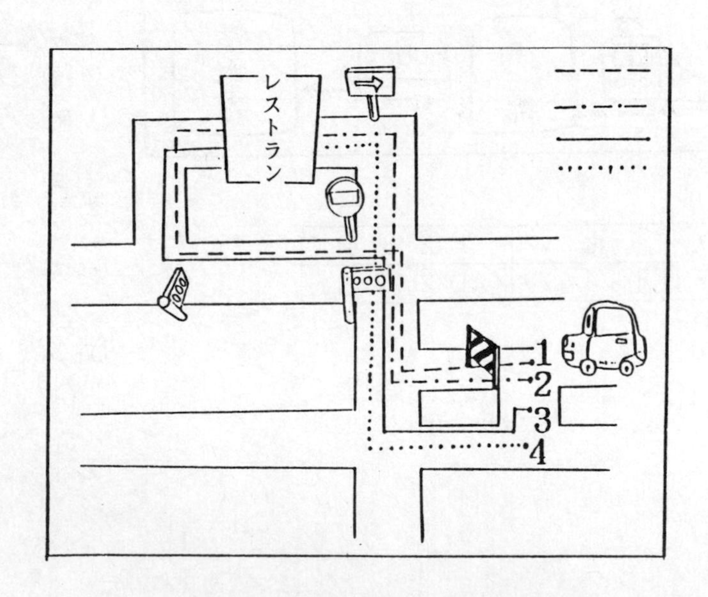

14番	正 し い	①②③④
	正しくない	①②③④

焦點字：

車(くるま)

レストラン

どの

道(みち)

大通(おおどお)り

工事中(こうじちゅう)

信号(しんごう)

一方通行(いっぽうつうこう)

右(みぎ)　左(ひだり)

15番

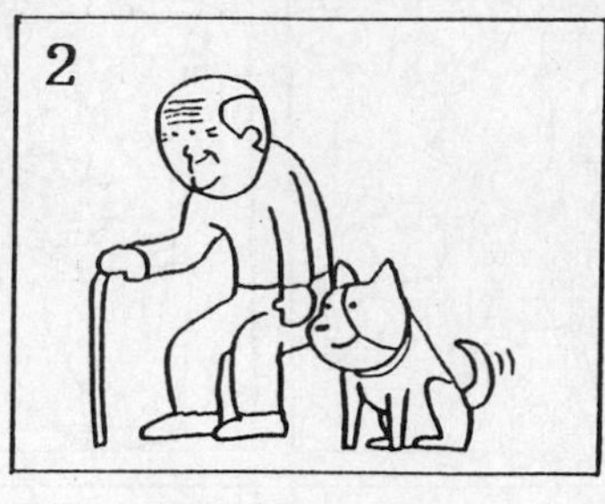

15番	正しい	①②③④
	正しくない	①②③④

焦點字:

どの

老人（ろうじん）

犬（いぬ）

猫（ねこ）

背筋（せすじ）

伸（の）びている

猫背（ねこぜ）

髪（かみ）の毛（け）

禿（は）げている

16番

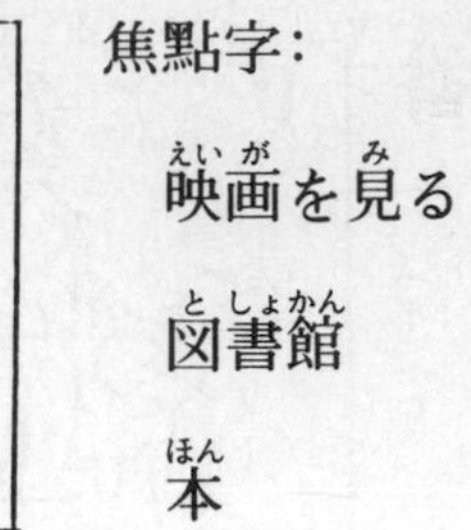

焦點字：

映画(えいが)を見(み)る

図書館(としょかん)

本(ほん)

本屋(ほんや)

うち

テレビを見(み)る

<table>
<tr><td rowspan="2">16
番</td><td>正しい</td><td>①②③④</td></tr>
<tr><td>正しくない</td><td>①②③④</td></tr>
</table>

焦點字:

足（あし）を開（ひら）く

手（て）を腰（こし）に当（あ）てる

体（からだ）

後（うし）ろに　前（まえ）に

倒（たお）す

膝（ひざ）を曲（ま）げる

17番	正しい	①②③④
	正しくない	①②③④

18番

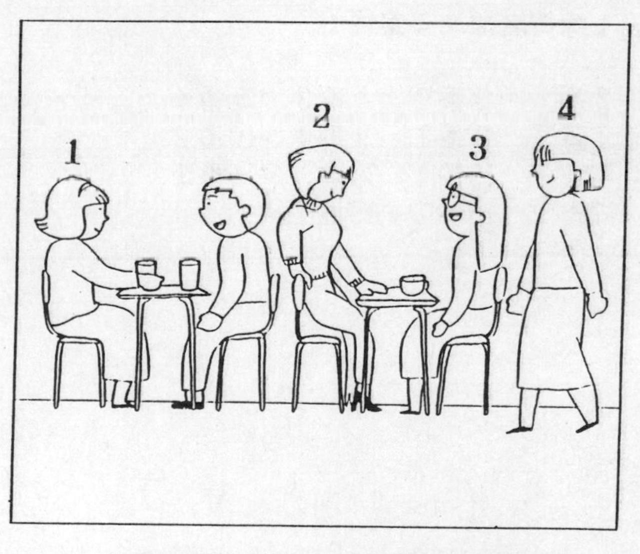

焦點字:

どの人（ひと）

眼鏡（めがね）

コンタクト

ロングヘア

ショートヘア

18番	正しい	①②③④
	正しくない	①②③④

19番

焦點字：

仕事（しごと）

パイロット

プロ野球選手（やきゅうせんしゅ）

教師（きょうし）

建築関係（けんちくかんけい）

19番		
	正　し　い	①②③④
	正しくない	①②③④

⇨⇨⇨　以上練習之標準答案爲：

1番2	2番1	3番2	4番3	5番4
6番3	7番3	8番1	9番4	10番2
11番4	12番2	13番1	14番3	15番1
16番4	17番1	18番1	19番4	

§接著是另一項考題趨向，有關於 『位置』 的練習題：

1番

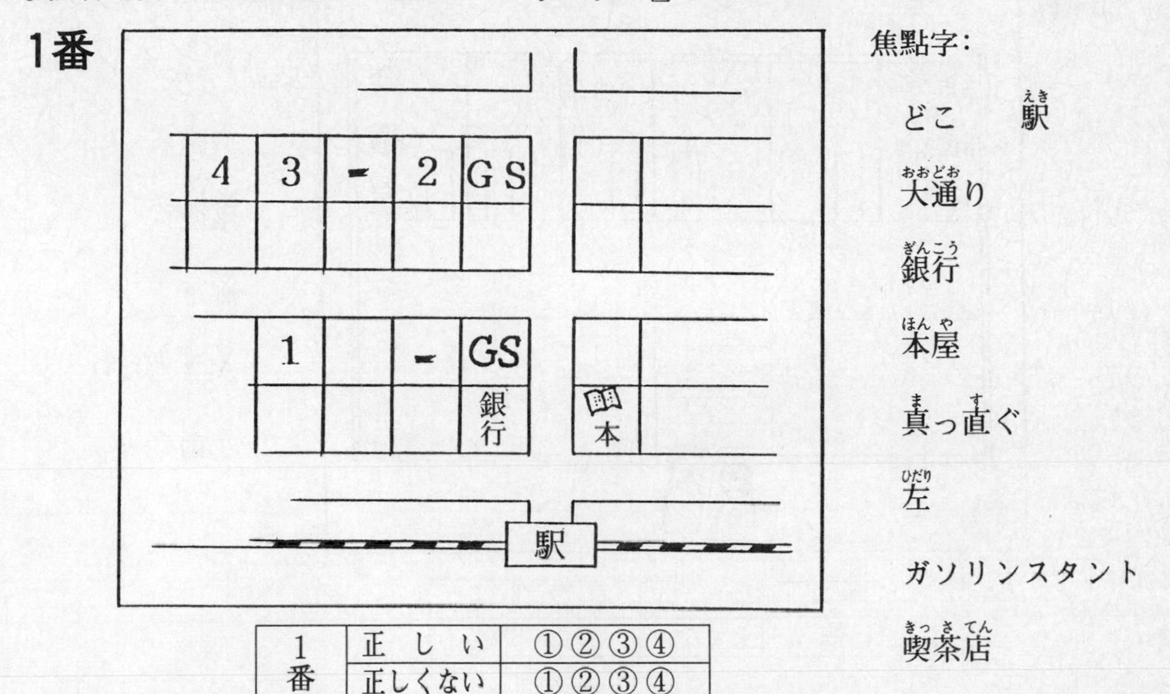

1番	正しい	①②③④
	正しくない	①②③④

焦點字:

どこ　駅(えき)

大通り(おおどお)

銀行(ぎんこう)

本屋(ほんや)

真(ま)っ直(す)ぐ

左(ひだり)

ガソリンスタント

喫茶店(きっさてん)

2番

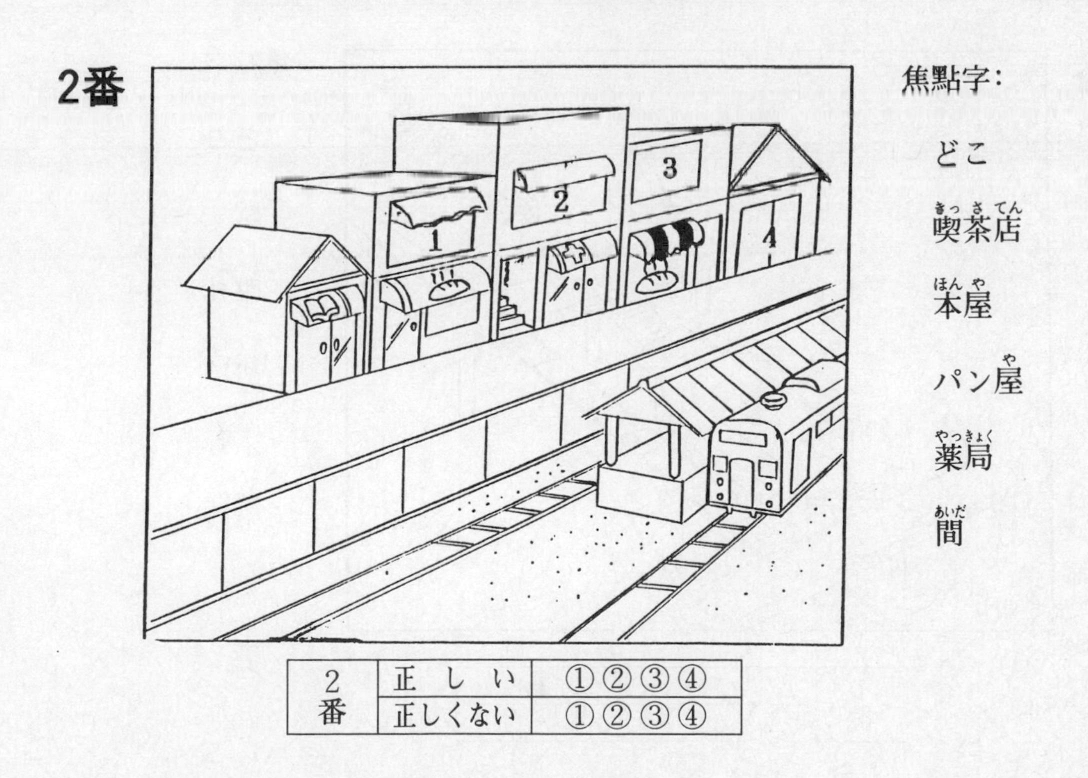

2番	正しい	①②③④
	正しくない	①②③④

焦點字:

どこ

喫茶店(きっさてん)

本屋(ほんや)

パン屋(や)

薬局(やっきょく)

間(あいだ)

3番

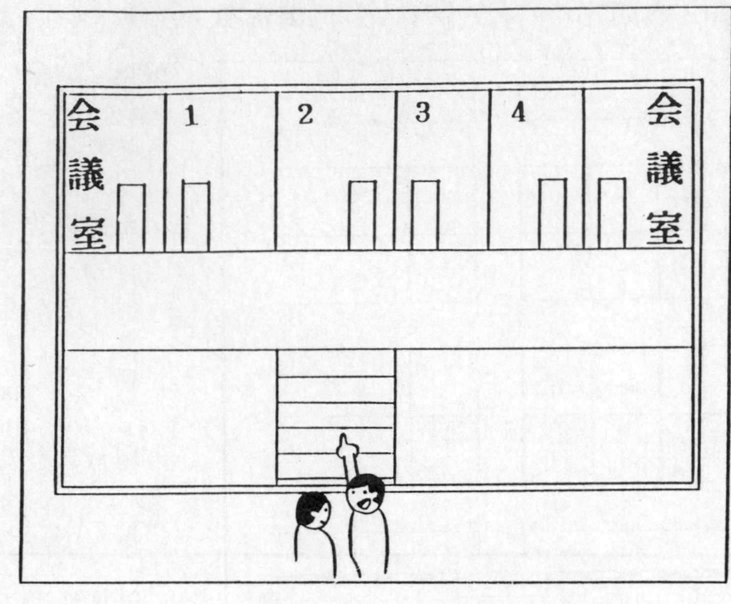

焦點字：

どこ

会議室（かいぎしつ）

階段（かいだん）

廊下（ろうか）

突き当たり（つきあたり）

手前（てまえ）

3番		
	正しい	①②③④
	正しくない	①②③④

4番

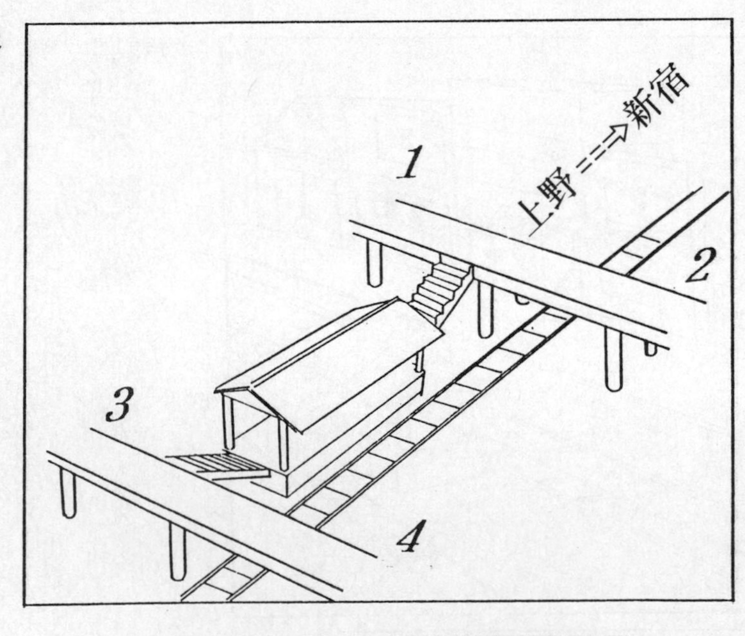

焦點字：

どこ

駅（えき）

改札（かいさつ）

新宿（しんじゅく）

上野（うえの）

階段（かいだん）

左（ひだり）

右（みぎ）

4番		
	正しい	①②③④
	正しくない	①②③④

5番

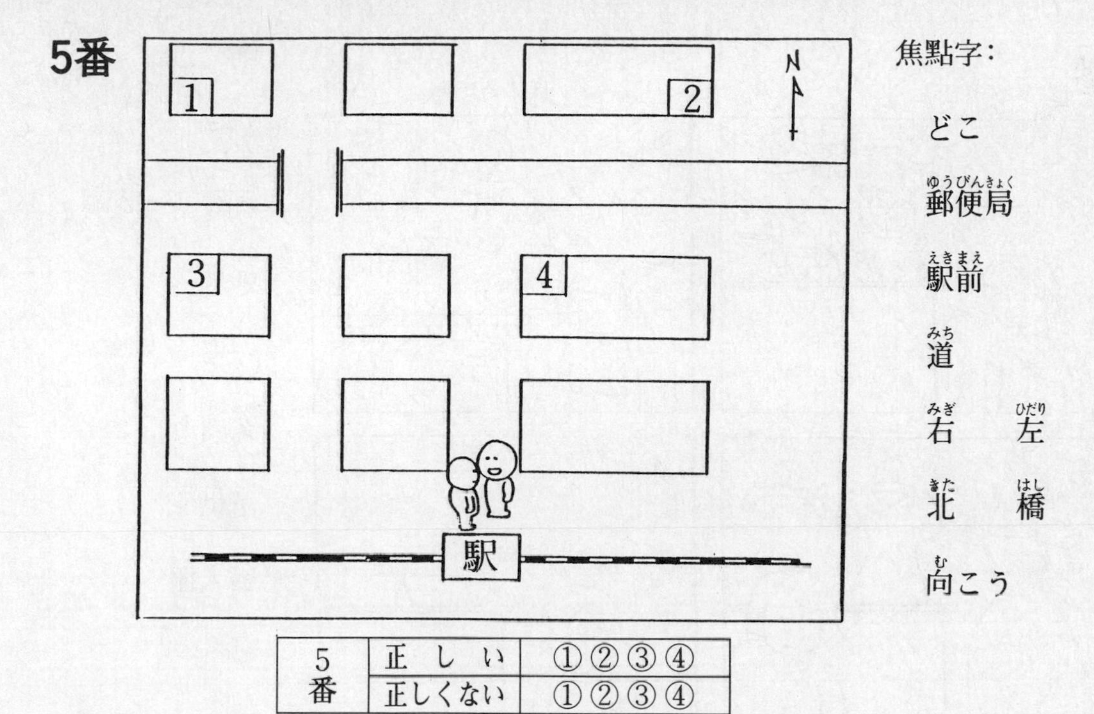

5番	正しい	①②③④
	正しくない	①②③④

焦點字：

どこ

郵便局（ゆうびんきょく）

駅前（えきまえ）

道（みち）

右（みぎ）　左（ひだり）

北（きた）　橋（はし）

向（む）こう

6番

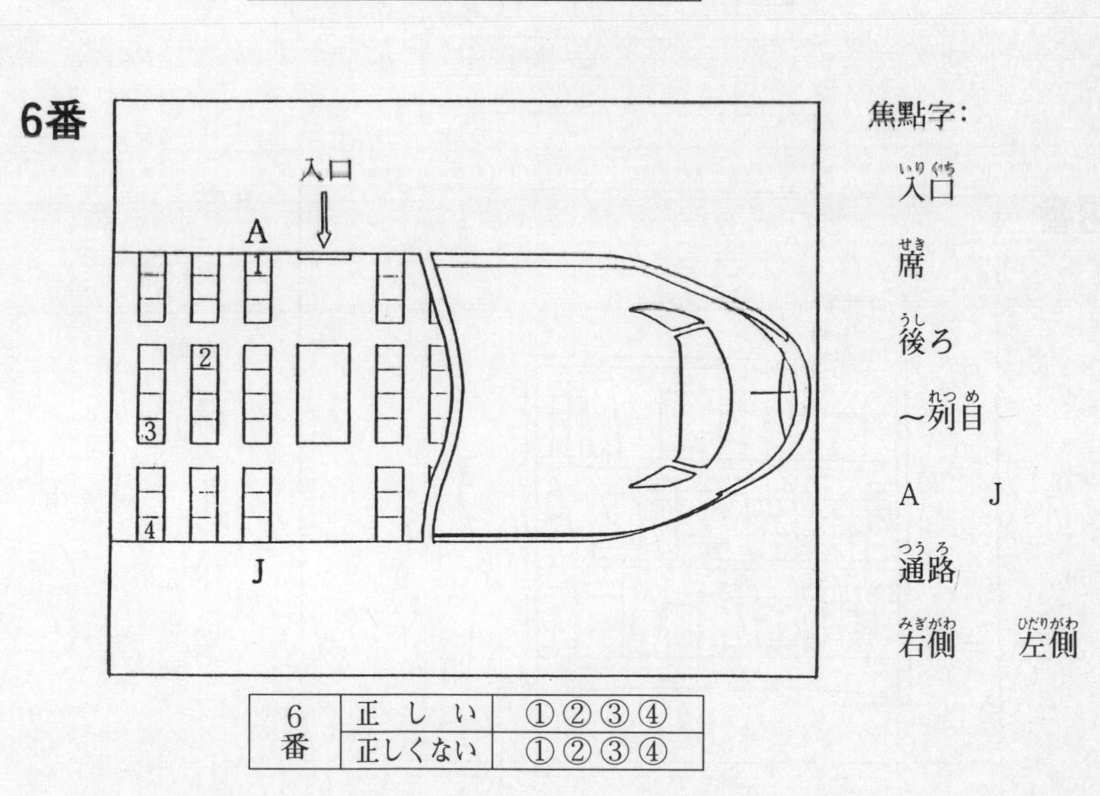

6番	正しい	①②③④
	正しくない	①②③④

焦點字：

入口（いりぐち）

席（せき）

後（うし）ろ

～列目（れつめ）

A　J

通路（つうろ）

右側（みぎがわ）　左側（ひだりがわ）

7番

焦點字：

5階（ごかい）　3階（さんかい）

玩具（おもちゃ）

売場（うりば）

案内所（あんないしょ）

子供服（こどもふく）

婦人服（ふじんふく）

7番	正　し　い	①②③④
	正しくない	①②③④

8番

焦點字：

教科書（きょうかしょ）

本棚（ほんだな）

段（だん）

上（うえ）　真ん中（まんなか）

下（した）

右（みぎ）　左（ひだり）

8番	正　し　い	①②③④
	正しくない	①②③④

9番

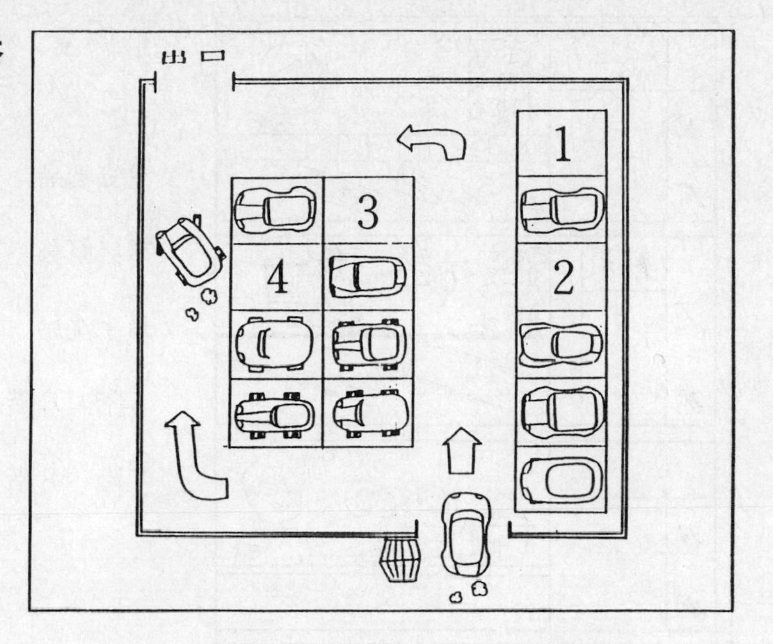

9番	正しい	①②③④
	正しくない	①②③④

焦點字:

駐車場（ちゅうしゃじょう）

車（くるま）

止（と）める

空（あ）いている

右（みぎ）　左（ひだり）

列（れつ）

出口（でぐち）

出（で）て行（い）く

10番

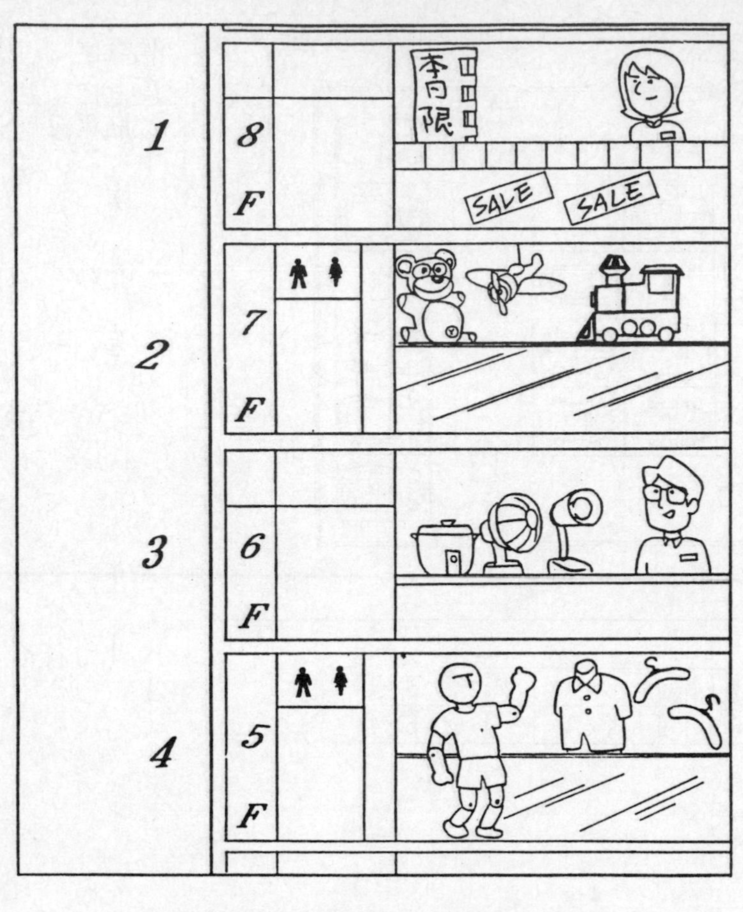

焦點字：

どこ

電気製品（でんきせいひん）

電気祭り（でんきまつり）

お手洗い（てあらい）

5階（ごかい）　6階（ろっかい）

7階（ななかい）　8階（はちかい）

10番	正しい	①②③④
	正しくない	①②③④

11番

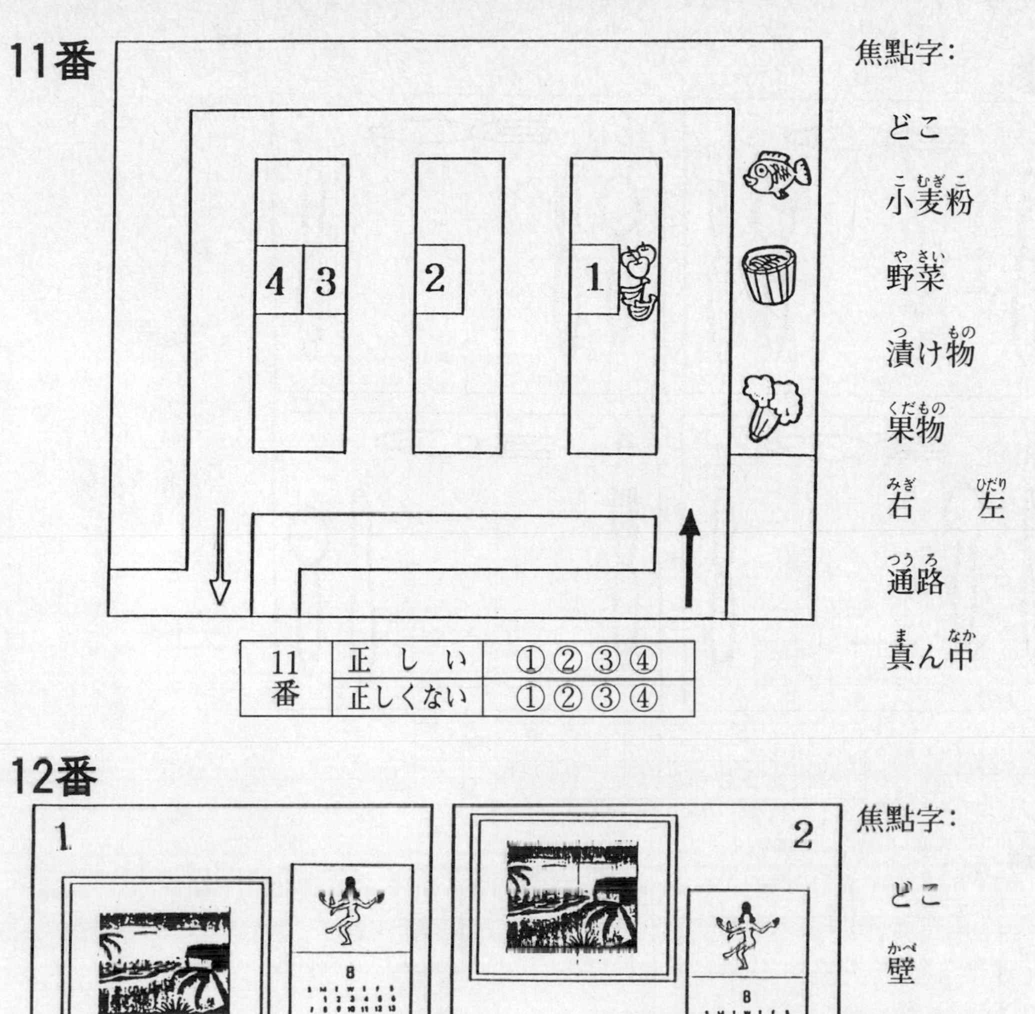

焦點字：

どこ

小麦粉(こむぎこ)

野菜(やさい)

漬け物(つけもの)

果物(くだもの)

右(みぎ)　左(ひだり)

通路(つうろ)

真ん中(まんなか)

11番	正しい	①②③④
	正しくない	①②③④

12番

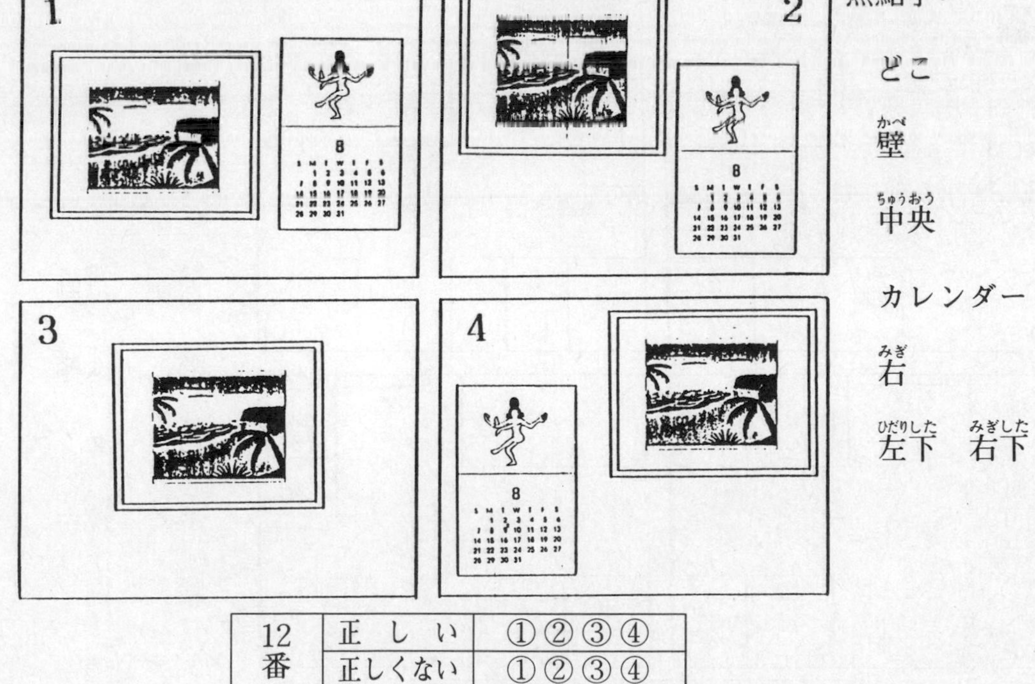

焦點字：

どこ

壁(かべ)

中央(ちゅうおう)

カレンダー

右(みぎ)

左下(ひだりした)　右下(みぎした)

12番	正しい	①②③④
	正しくない	①②③④

13番

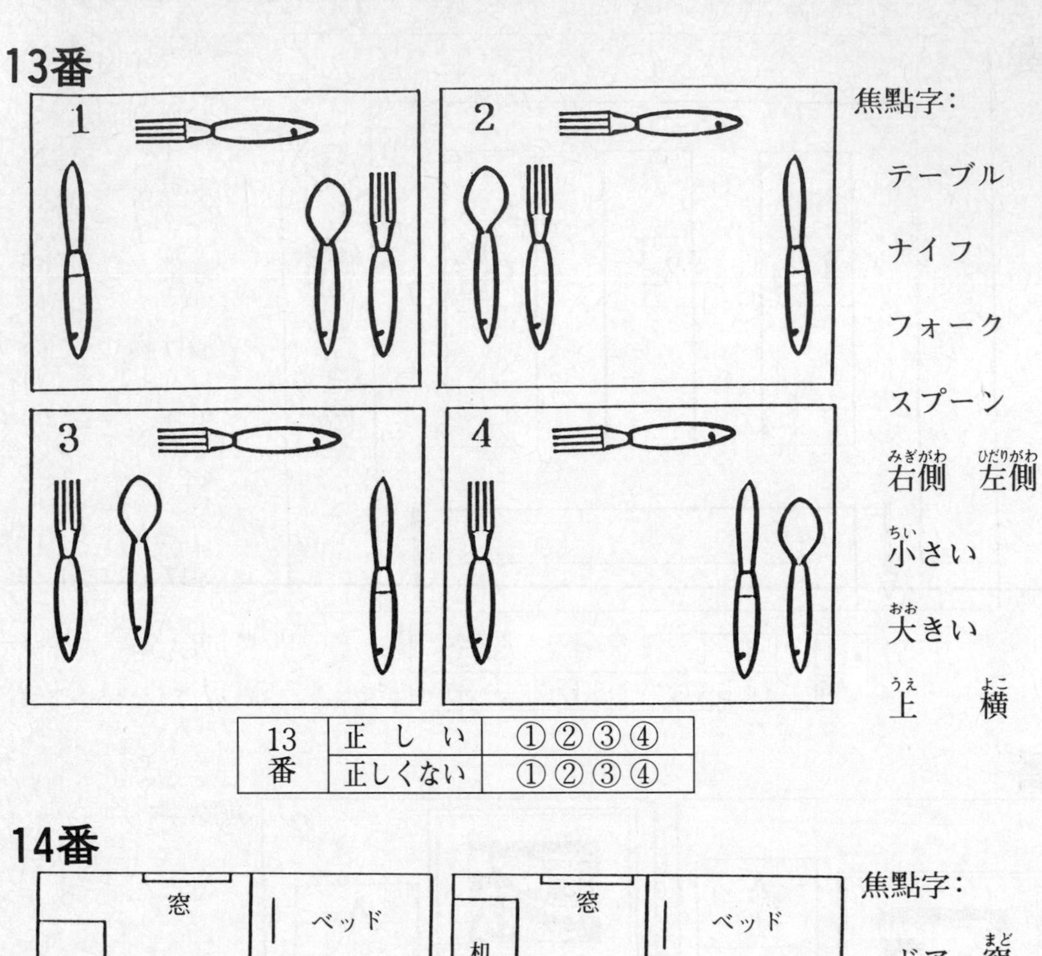

13番	正 し い	①②③④
	正しくない	①②③④

焦點字:

テーブル

ナイフ

フォーク

スプーン

右側(みぎがわ)　左側(ひだりがわ)

小(ち)さい

大(おお)きい

上(うえ)　横(よこ)

14番

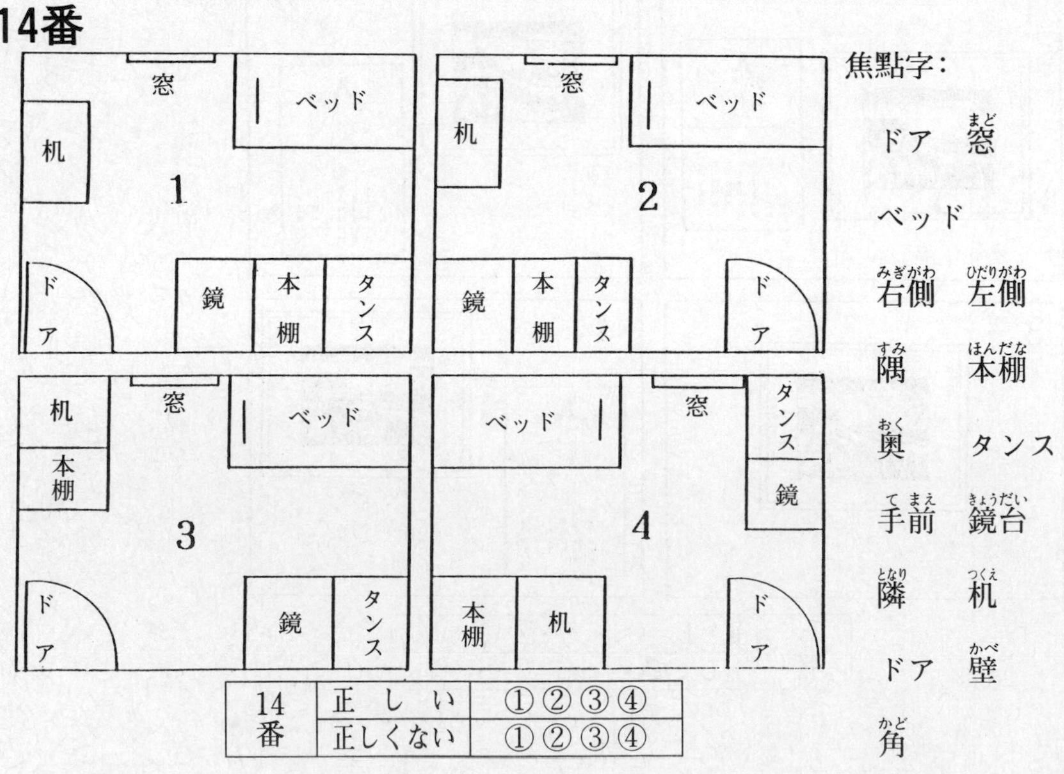

14番	正 し い	①②③④
	正しくない	①②③④

焦點字:

ドア　窓(まど)

ベッド

右側(みぎがわ)　左側(ひだりがわ)

隅(すみ)　本棚(ほんだな)

奥(おく)　タンス

手前(てまえ)　鏡台(きょうだい)

隣(となり)　机(つくえ)

ドア　壁(かべ)

角(かど)

15番

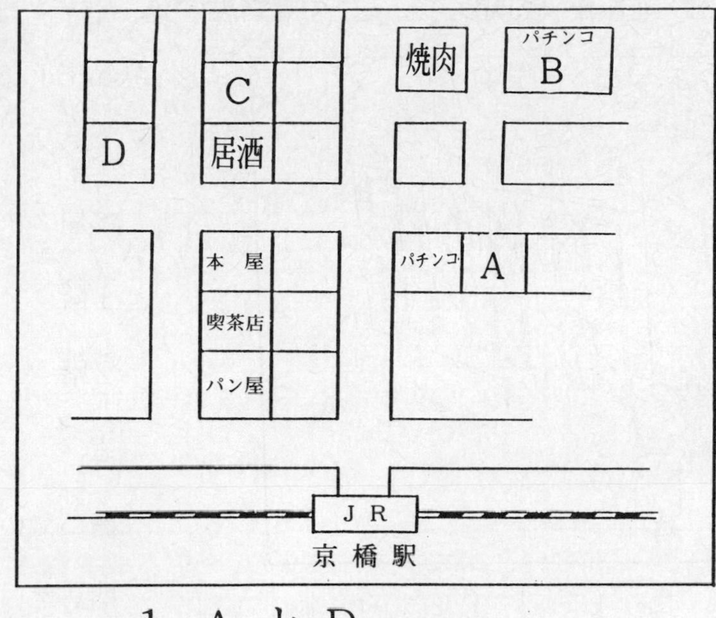

焦點字：

どこ　店（みせ）

JR京橋駅（きょうばしえき）

右（みぎ）　左（ひだり）

パン屋（や）

喫茶店（きっさてん）

本屋（ほんや）

居酒屋（いざかや）　隣（となり）

パチンコ

焼肉屋（やきにくや）

1. A と D

2. B と C

3. B と D

4. A と B

15番	正しい	①②③④
	正しくない	①②③④

⟹ 以上練習之標準答案爲：

1番4	2番1	3番1	4番1	5番1
6番3	7番4	8番4	9番2	10番3
11番2	12番4	13番2	14番1	15番2

接著是另一項考題趨向，有關於 『形狀』 的練習題:

1番

1番	正しい	①②③④
	正しくない	①②③④

焦點字:

どの

部屋(へや)

1階(いっかい)

2階(にかい)

窓(まど)

開(あ)いている

閉(し)めている

2番

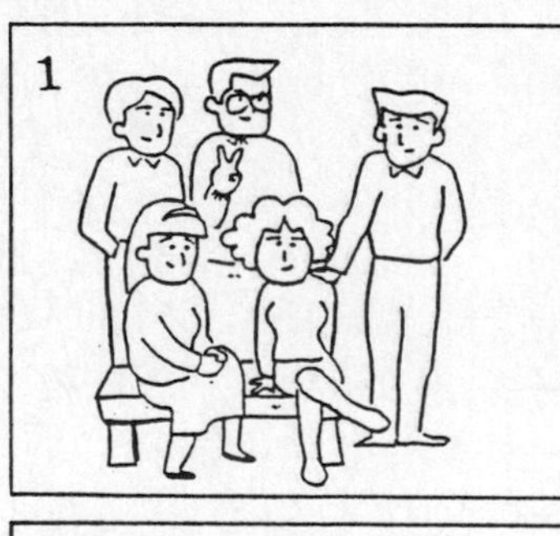

2番	正しい	①②③④
	正しくない	①②③④

焦點字:

どの

写真(しゃしん)

5人(ごにん)　6人(ろくにん)

前(まえ)　後(うし)ろ

座(すわ)っている

立(た)っている

髪(かみ)　眼鏡(めがね)

長(なが)い　真(ま)ん中(なか)

3番

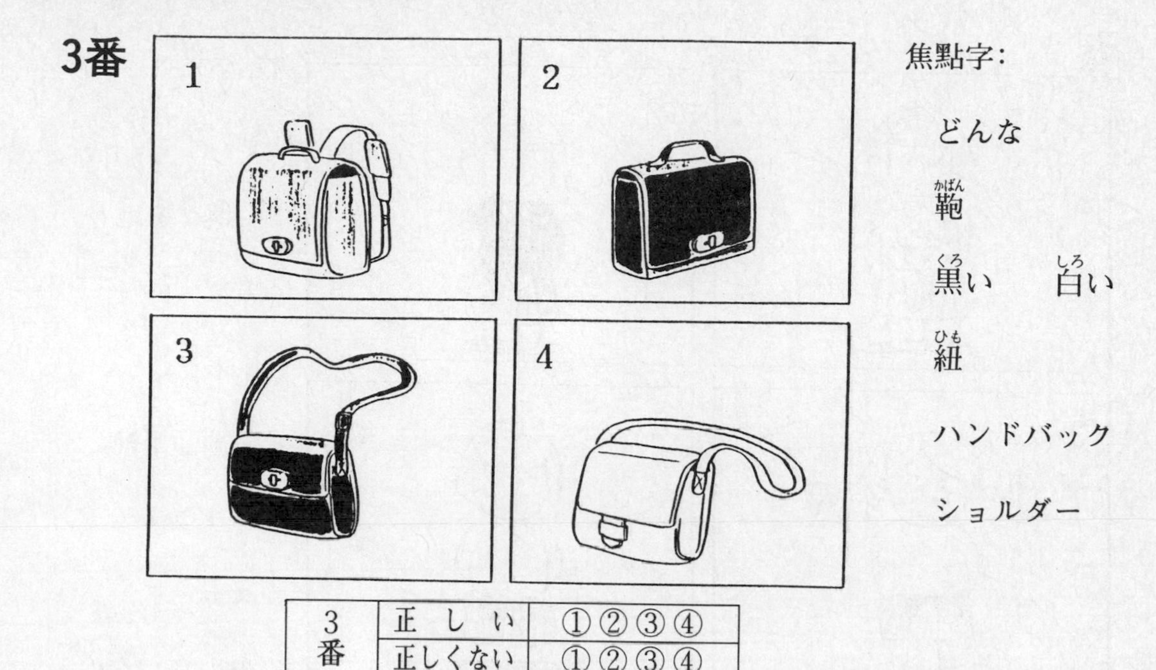

3番	正しい	①②③④
	正しくない	①②③④

焦點字:

どんな

鞄（かばん）

黒（くろ）い　白（しろ）い

紐（ひも）

ハンドバック

ショルダー

4番

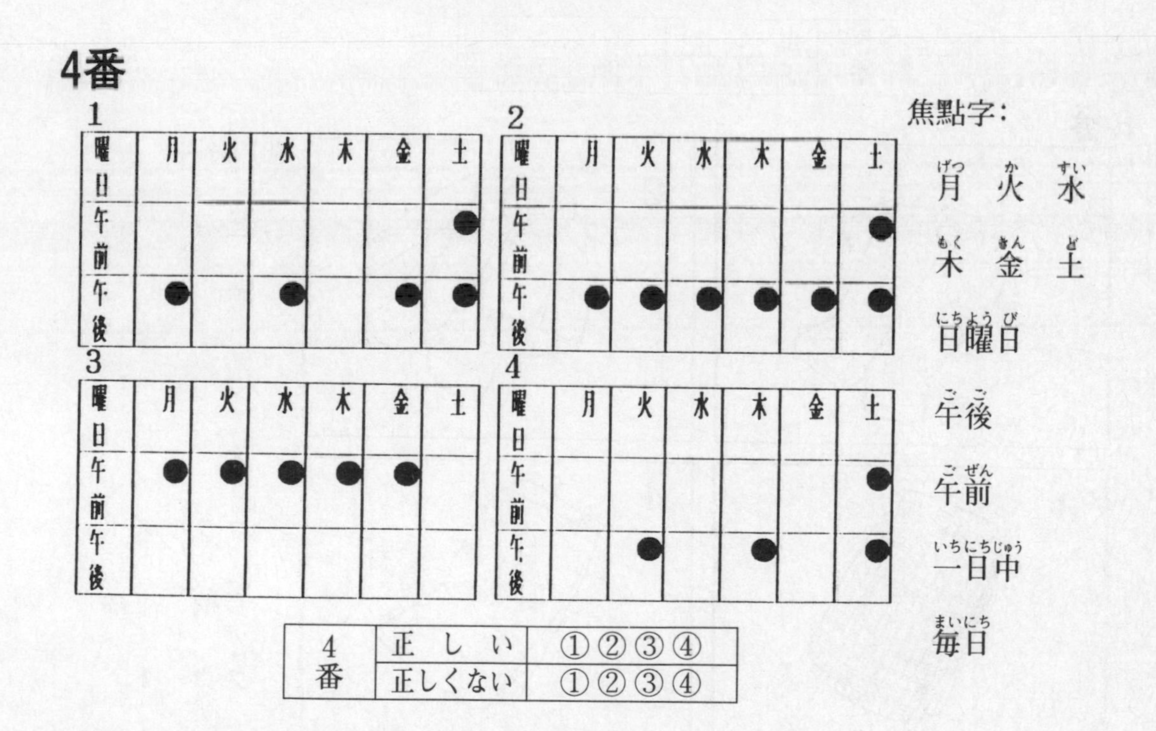

4番	正しい	①②③④
	正しくない	①②③④

焦點字:

月（げつ）　火（か）　水（すい）

木（もく）　金（きん）　土（ど）

日曜日（にちようび）

午後（ごご）

午前（ごぜん）

一日中（いちにちじゅう）

毎日（まいにち）

5番

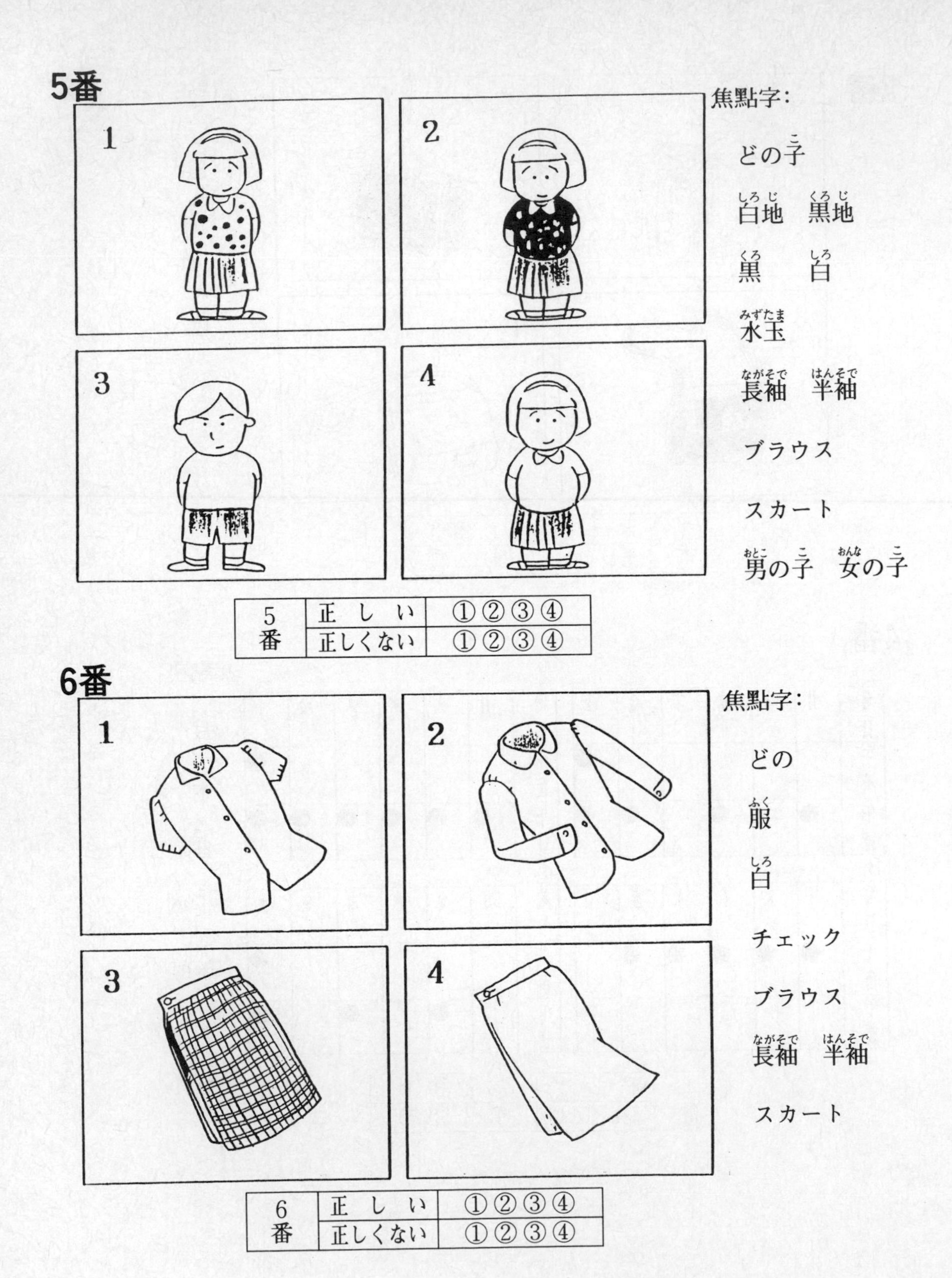

焦點字：

どの子(こ)

白地(しろじ)　黒地(くろじ)

黒(くろ)　白(しろ)

水玉(みずたま)

長袖(ながそで)　半袖(はんそで)

ブラウス

スカート

男(おとこ)の子(こ)　女(おんな)の子(こ)

5番	正　し　い	①②③④
	正しくない	①②③④

6番

焦點字：

どの

服(ふく)

白(しろ)

チェック

ブラウス

長袖(ながそで)　半袖(はんそで)

スカート

6番	正　し　い	①②③④
	正しくない	①②③④

7番

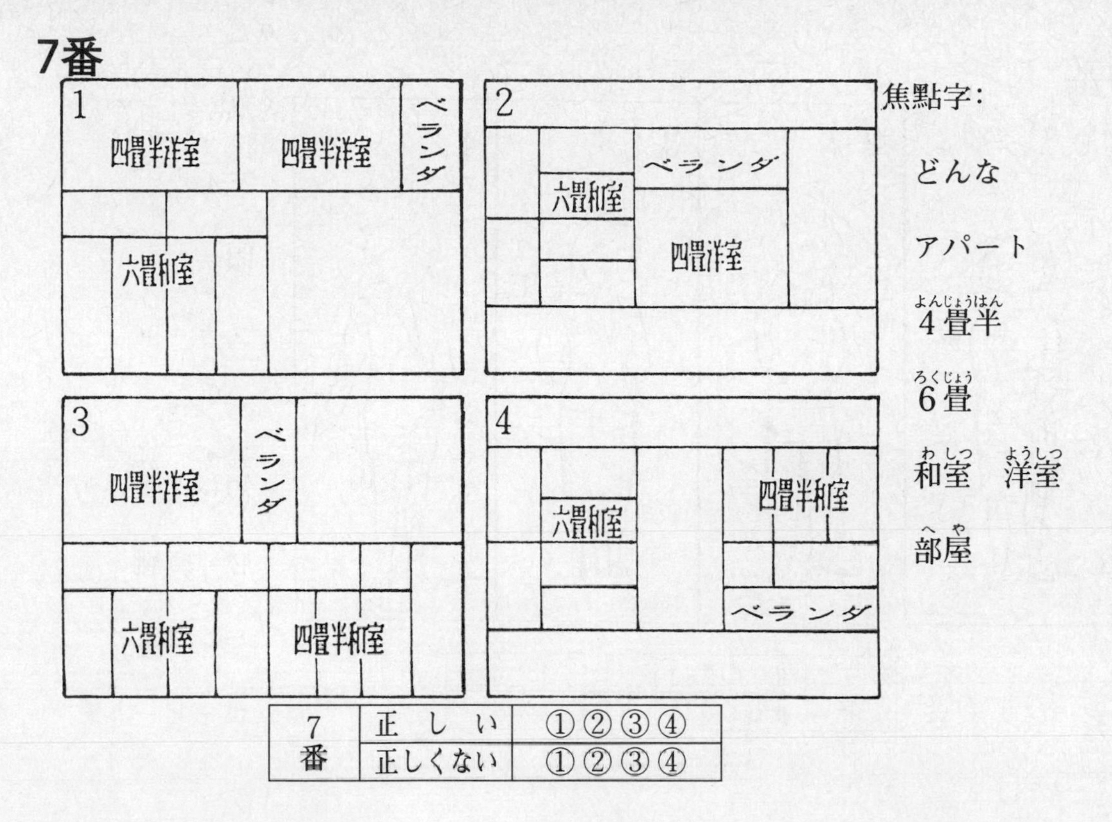

7番	正しい	①②③④
	正しくない	①②③④

焦點字:

どんな

アパート

4畳半(よんじょうはん)

6畳(ろくじょう)

和室(わしつ)　洋室(ようしつ)

部屋(へや)

8番

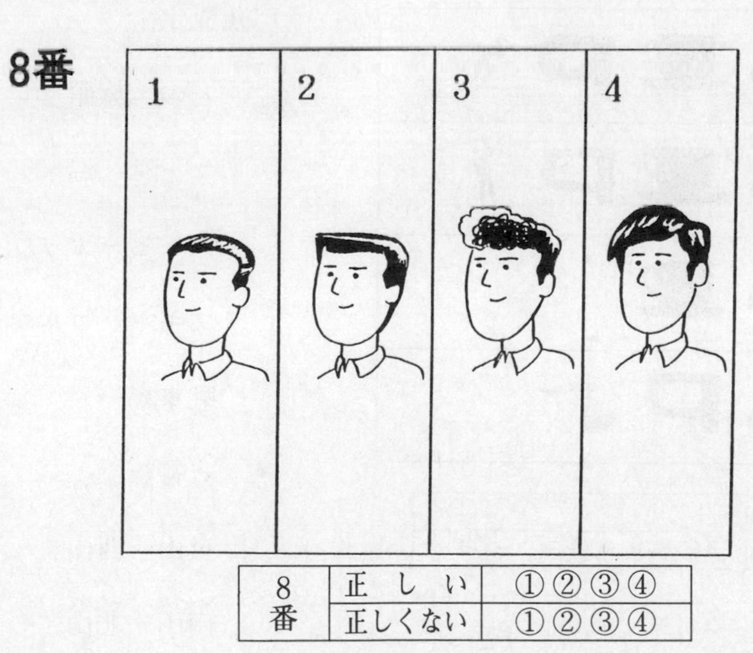

8番	正しい	①②③④
	正しくない	①②③④

焦點字:

髪型(かみがた)　短(みじか)い

横(よこ)　後(うし)ろ

耳(みみ)が出(で)る

刈(か)り上(あ)げる

パーマする

前髪(まえがみ)

下(お)ろす

オールバック

9番

焦點字：

どんな

服装（ふくそう）

スカート

パンツ

短（みじか）い　長（なが）い

膝（ひざ）　靴（くつ）

パンプス

ローヒール

9番	正しい	①②③④
	正しくない	①②③④

10番

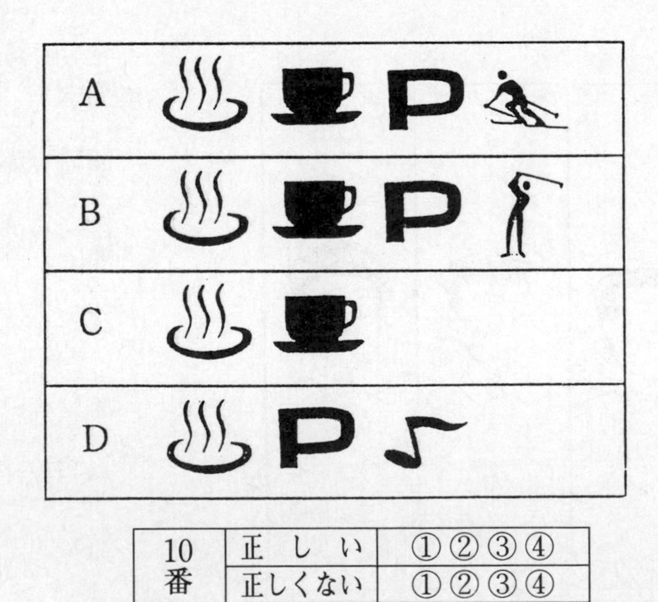

焦點字：

どの　旅館（りょかん）

マーク　温泉（おんせん）

コーヒーカップ

スキー　ゴルフ

駐車場（ちゅうしゃじょう）

音符（おんぷ）

東山（ひがしやま）　西山（にしやま）

南山（みなみやま）　北山（きたやま）

10番	正しい	①②③④
	正しくない	①②③④

11番

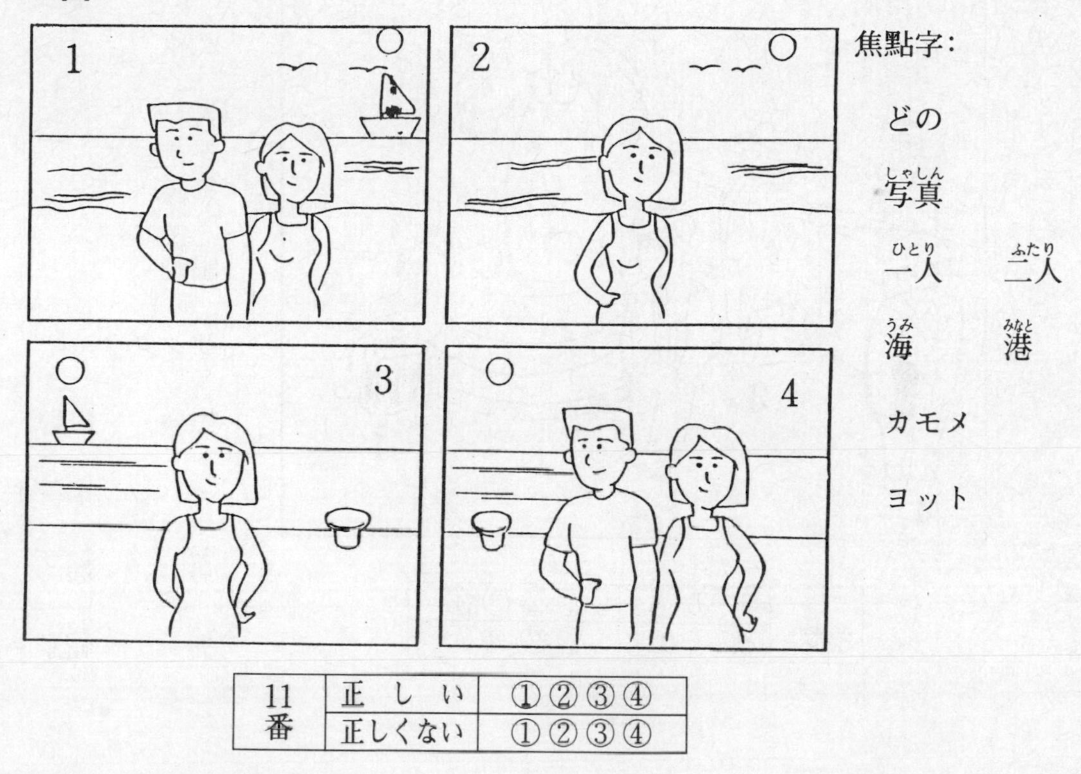

焦點字：

どの

写真（しゃしん）

一人（ひとり）　二人（ふたり）

海（うみ）　港（みなと）

カモメ

ヨット

11番	正しい	①②③④
	正しくない	①②③④

12番

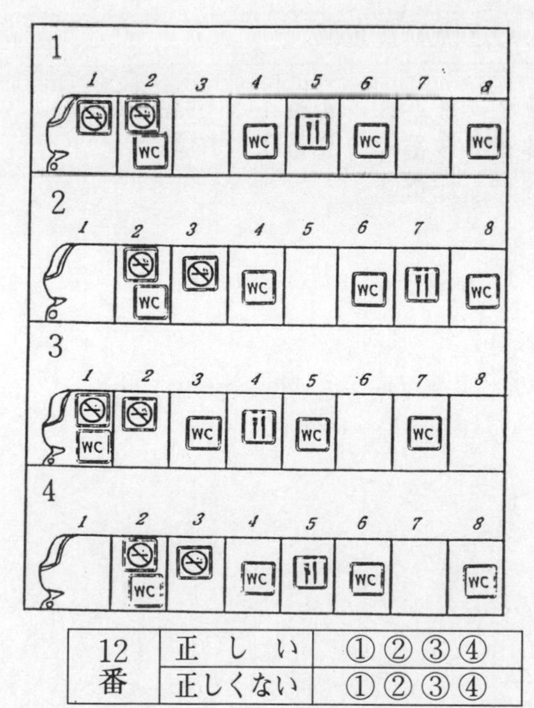

焦點字：

どれ

電車（でんしゃ）

〜両（りょう）

〜号車（ごうしゃ）

禁煙車（きんえんしゃ）

お手洗い（てあらい）

食堂車（しょくどうしゃ）

後ろ側（うしろがわ）　前側（まえがわ）

12番	正しい	①②③④
	正しくない	①②③④

13番

焦點字：

どの

人（ひと）

黒縁（くろふち）

眼鏡（めがね）

サンダラス

黒（くろ）い　白（しろ）い

カバン　ポーチ

鼻（はな）　顎（あご）

髭（ひげ）　帽子（ぼうし）

13番	正しい	①②③④
	正しくない	①②③④

⇒⇒⇒　以上練習之標準答案爲：

1番2　2番2　3番3　4番1　5番1
6番1　7番3　8番1　9番1　10番3
11番1　12番1　13番4

§接著是另一項考題趨向，有關於 『數字』 的練習題：

1番

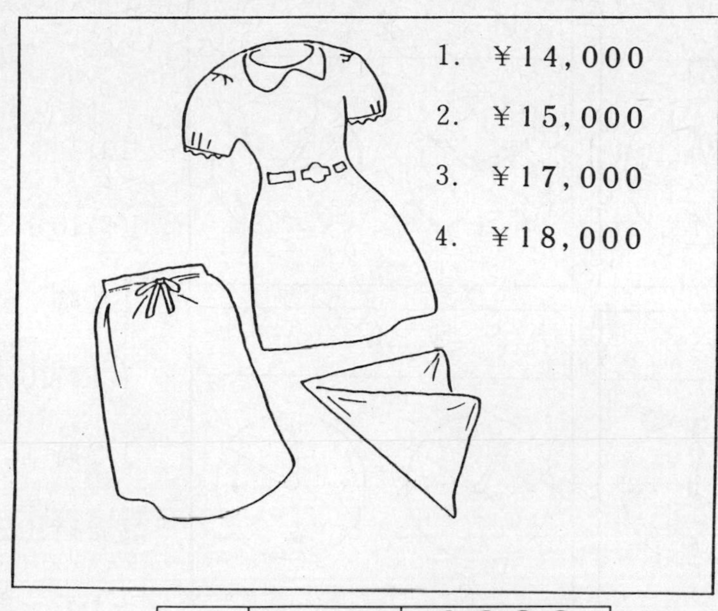

焦點字:

いくら

ワンピース

スカート

スカーフ

1番		
	正 し い	①②③④
	正しくない	①②③④

2番

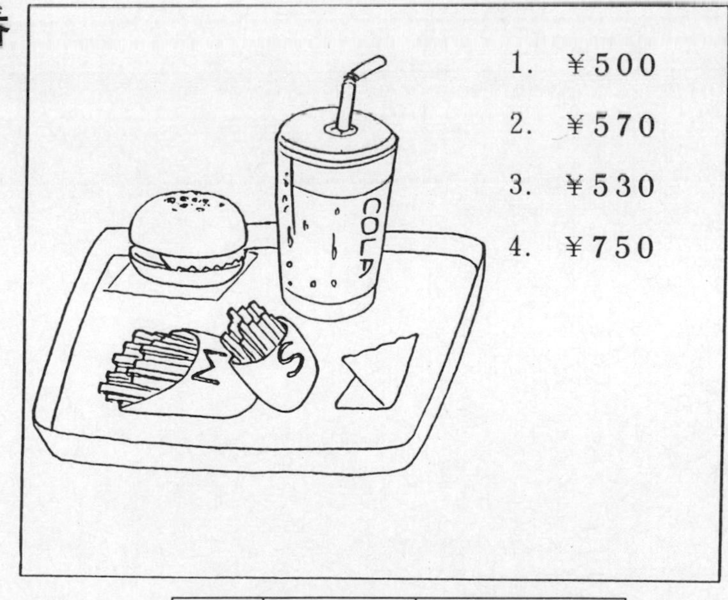

焦點字:

いくら

チーズバーガー

ポテト

飲(の)み物(もの)

Sサイズ

Mサイズ

2番		
	正 し い	①②③④
	正しくない	①②③④

3番

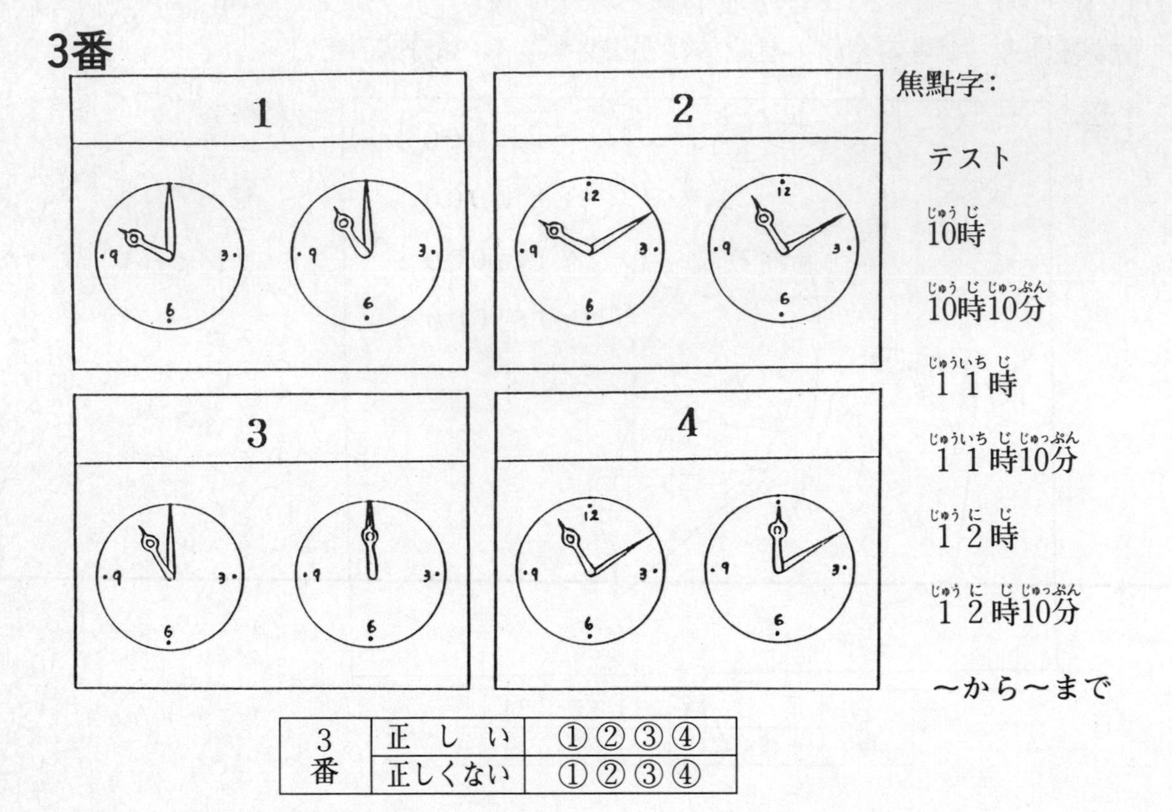

焦點字:

テスト

10時（じゅうじ）

10時10分（じゅうじじゅっぷん）

１１時（じゅういちじ）

１１時10分（じゅういちじじゅっぷん）

１２時（じゅうにじ）

１２時10分（じゅうにじじゅっぷん）

～から～まで

3番		
	正　し　い	①②③④
	正しくない	①②③④

4番

焦點字:

ウェイター

皿洗い(さらあらい)

パン工場(こうじょう)

配達屋(はいたつや)

時給(じきゅう)

~円(えん)

時間(じかん)

~時(じ)　夕方(ゆうがた)

昼(ひる)　夜(よる)

4番		
	正しい	①②③④
	正しくない	①②③④

5番

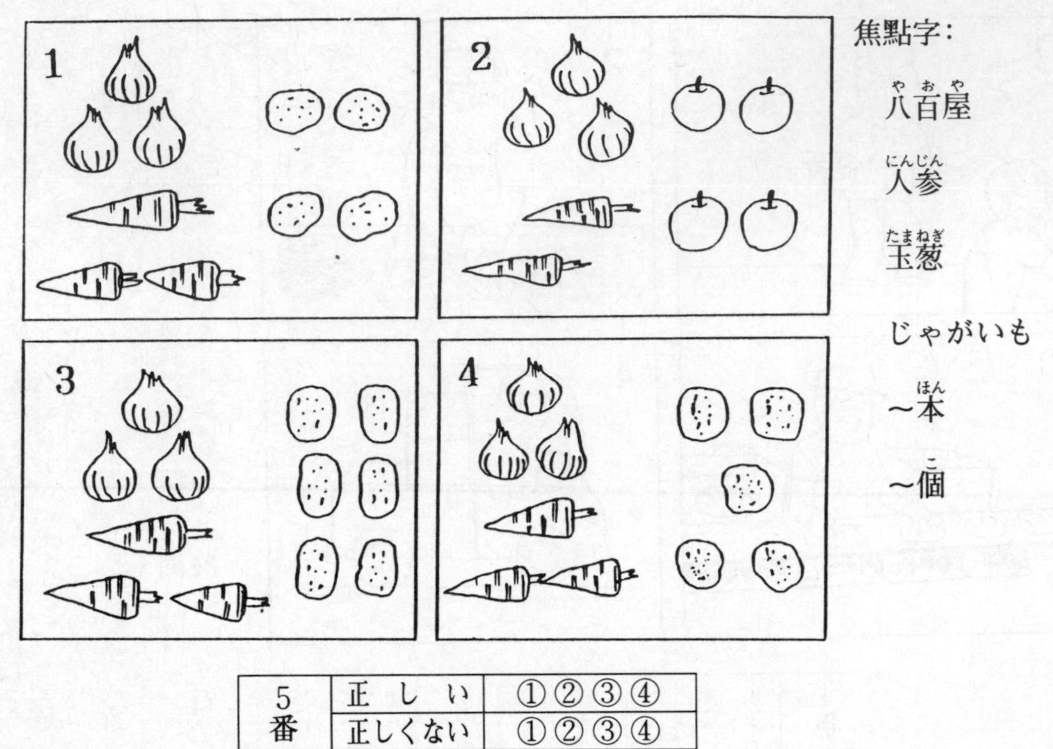

焦點字：

八百屋（やおや）

人参（にんじん）

玉葱（たまねぎ）

じゃがいも

～本（ほん）

～個（こ）

5番	正しい	①②③④
	正しくない	①②③④

6番

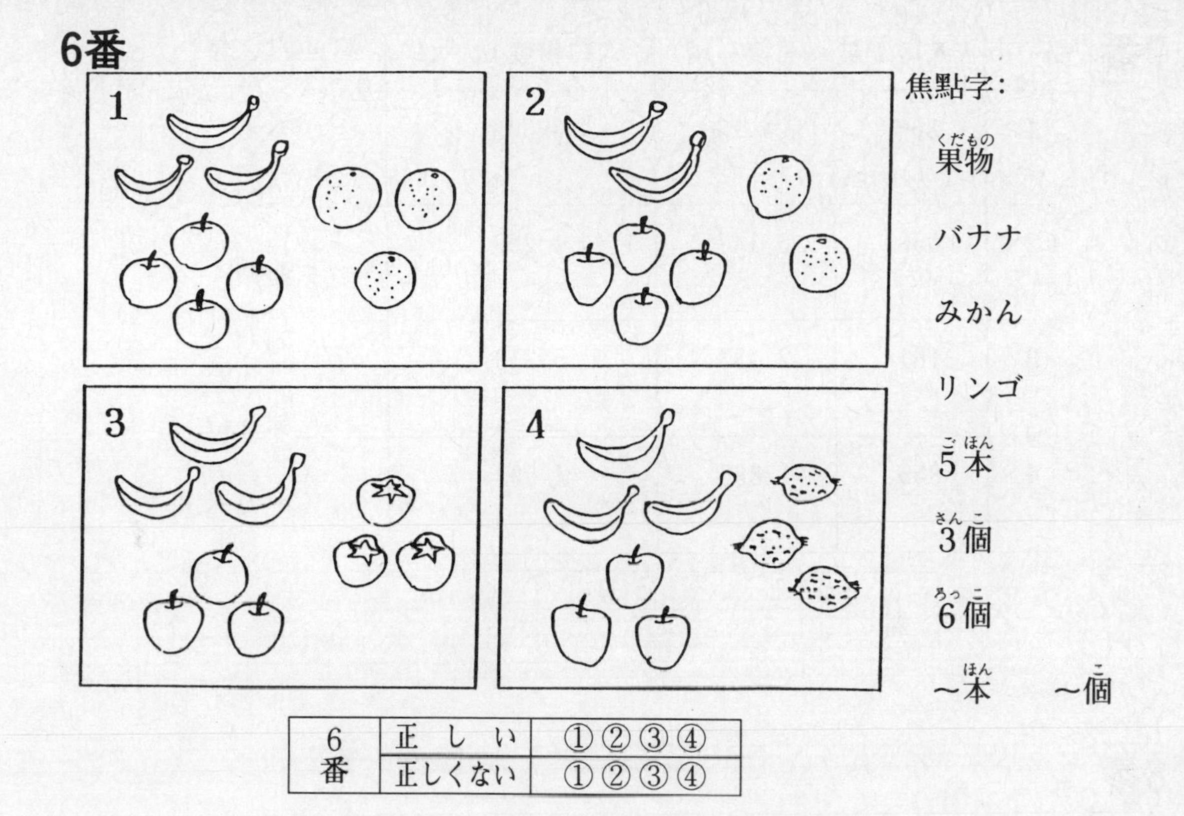

焦點字:

果物（くだもの）

バナナ

みかん

リンゴ

5本（ごほん）

3個（さんこ）

6個（ろっこ）

～本（ほん）　～個（こ）

6番	正　し　い	①②③④
	正しくない	①②③④

7番

都市	人口(万人)	面積(km²)	人口密度(人/km²)
1	806	24, 13	3, 339
2	668	5, 147	1, 299
3	1161	2, 183	5, 318
4	855	1, 886	4, 533

焦點字:

表(ひょう)

人口(じんこう)

面積(めんせき)

四(よっ)つ

第(だい)～位(い)

～万人(まんにん)

7番	正しい	①②③④
	正しくない	①②③④

8番

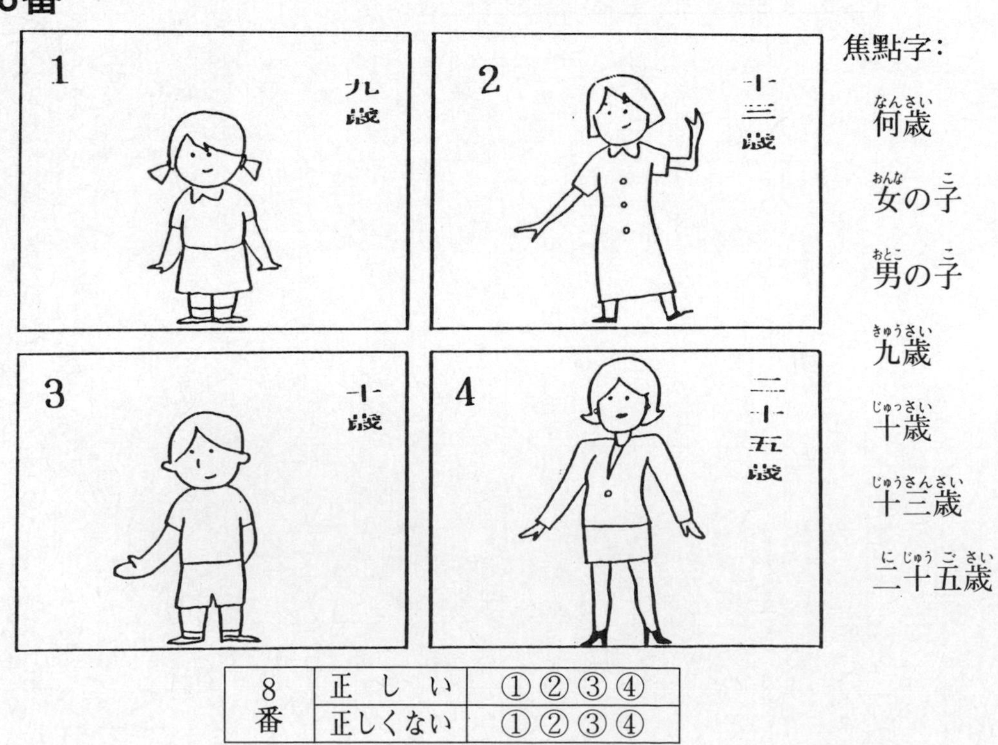

焦點字:

何歳(なんさい)

女(おんな)の子(こ)

男(おとこ)の子(こ)

九歳(きゅうさい)

十歳(じゅっさい)

十三歳(じゅうさんさい)

二十五歳(にじゅうごさい)

8番	正しい	①②③④
	正しくない	①②③④

9番

都市	天気	☂	最高	最低
1	☼ 時々 ☁	10%	33℃	26℃
2	☼後☁一時☂	30%	32℃	25℃
3	☼ 時々 ☁	0%	34℃	24℃
4	☼ 後 ☁	10%	32℃	25℃

9番		
	正しい	①②③④
	正しくない	①②③④

焦點字:

天気予報（てんきよほう）

晴時々曇（はれときどきくもり）

晴後曇（はれのちくもり）

一時雨（いちじあめ）

降水確率（こうすいかくりつ）

最高気温（さいこうきおん）

最低気温（さいていきおん）

～度（ど）

～パーセント

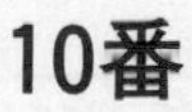

10番

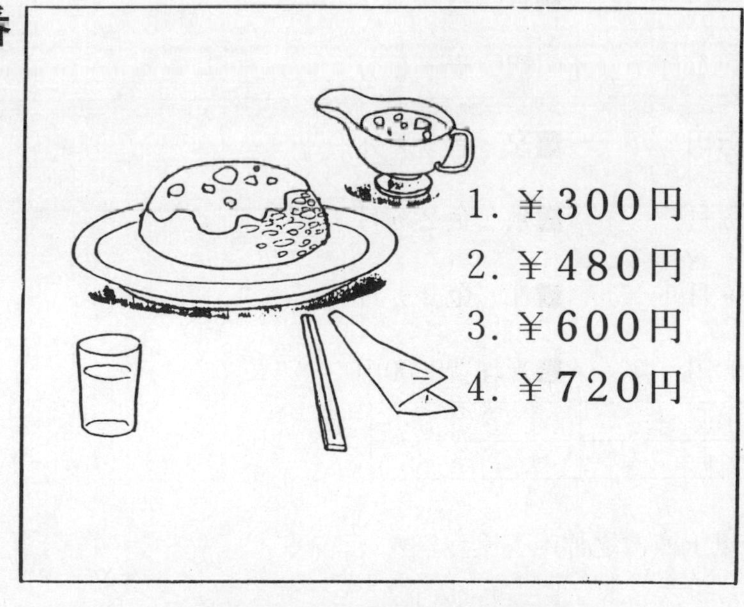

10番		
	正しい	①②③④
	正しくない	①②③④

焦點字:

ポークカレー

いくら

300円（さんびゃくえん）

480円（よんひゃくはちじゅうえん）

600円（ろっぴゃくえん）

720円（ななひゃくにじゅうえん）

11番

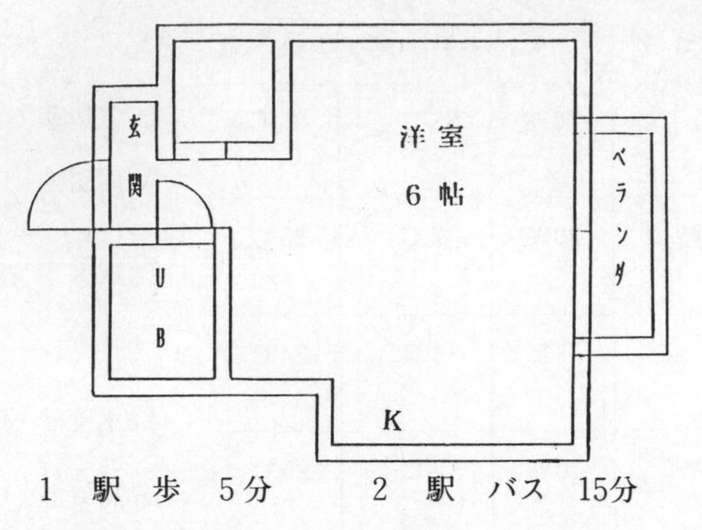

焦點字:

部屋（へや）

家賃（やちん）

敷金（しききん）

礼金（れいきん）

管理費（かんりひ）

～カ月（かげつ）

～万円（まんえん）

1　駅　歩　5分

■家　賃8万円

■敷　金1ヵ月半

■礼　金2ヵ月

■管理費8000円

2　駅　バス　15分

■家　賃9万元

■敷　金2ヵ月

■礼　金3ヵ月

■管理費　——

3　駅　バス　5分

■家　賃10万円

■敷　金2ヵ月

■礼　金2ヵ月

■管理費9000円

4　駅　歩　5分

■家　賃9万元

■敷　金2ヵ月

■礼　金2ヵ月

■管理費8000円

11番		
	正しい	①②③④
	正しくない	①②③④

⇨⇨⇨　以上練習之標準答案爲:

1番2　2番3　3番4　4番2　5番3
6番1　7番4　8番4　9番1　10番2　11番4

最後是另一項考題趨向，有關於 『圖表』 的練習題：

1番

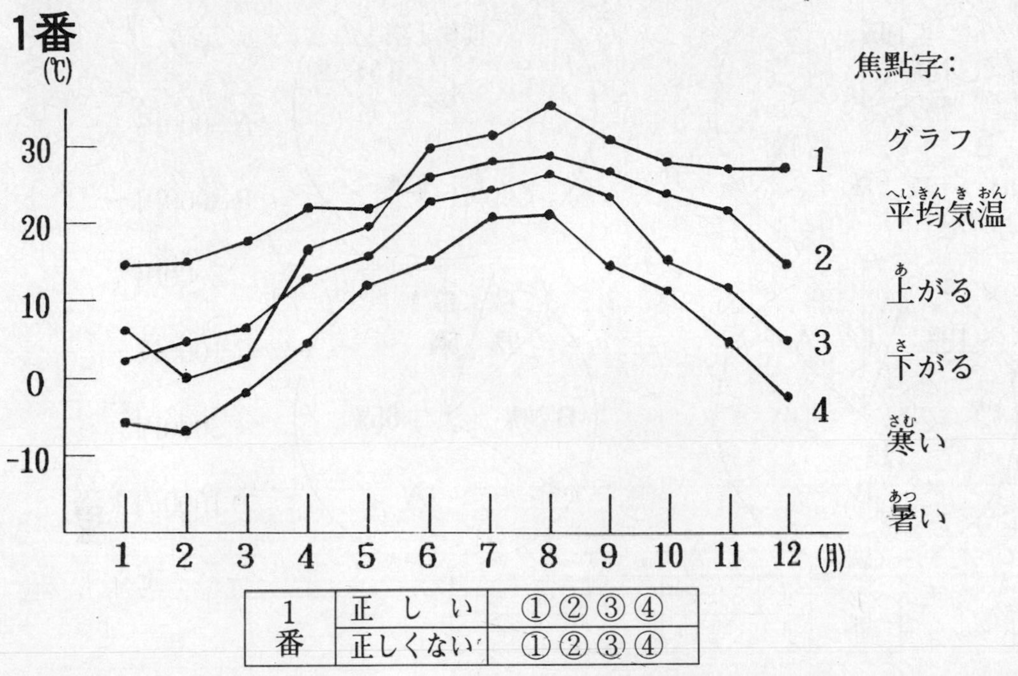

焦點字：

グラフ

平均気温(へいきんきおん)

上(あ)がる

下(さ)がる

寒(さむ)い

暑(あつ)い

1番		
	正 し い	①②③④
	正しくない	①②③④

2番

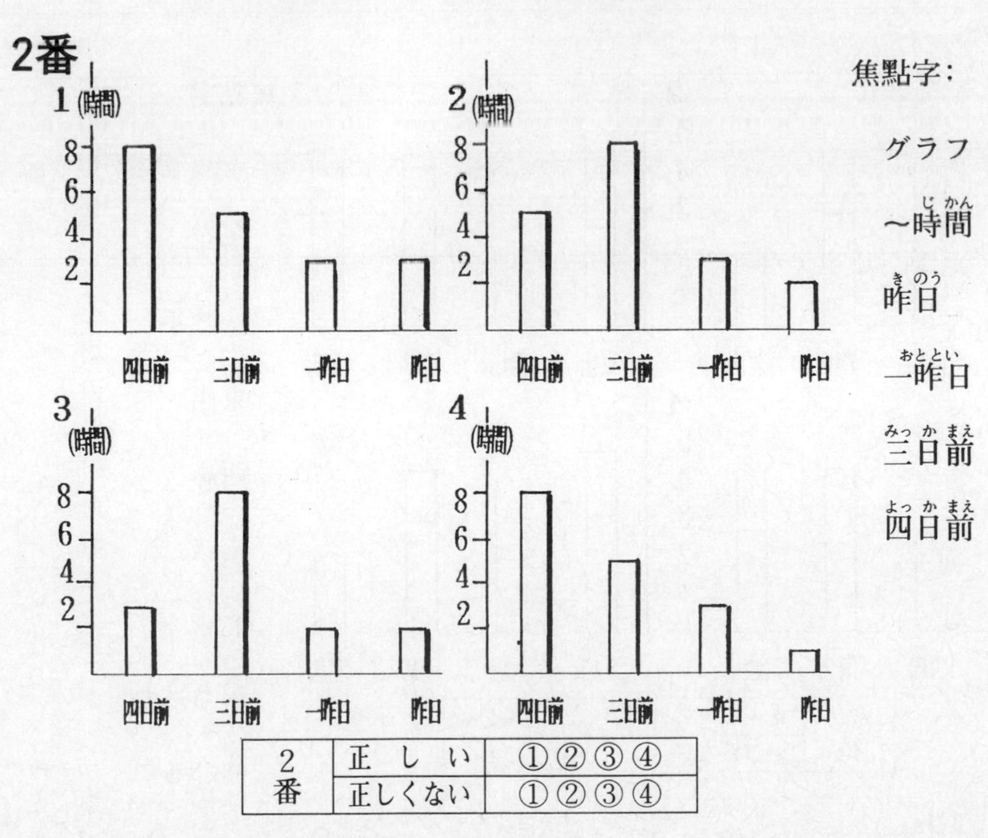

焦點字：

グラフ

〜時間(じかん)

昨日(きのう)

一昨日(おととい)

三日前(みっかまえ)

四日前(よっかまえ)

2番		
	正 し い	①②③④
	正しくない	①②③④

3番

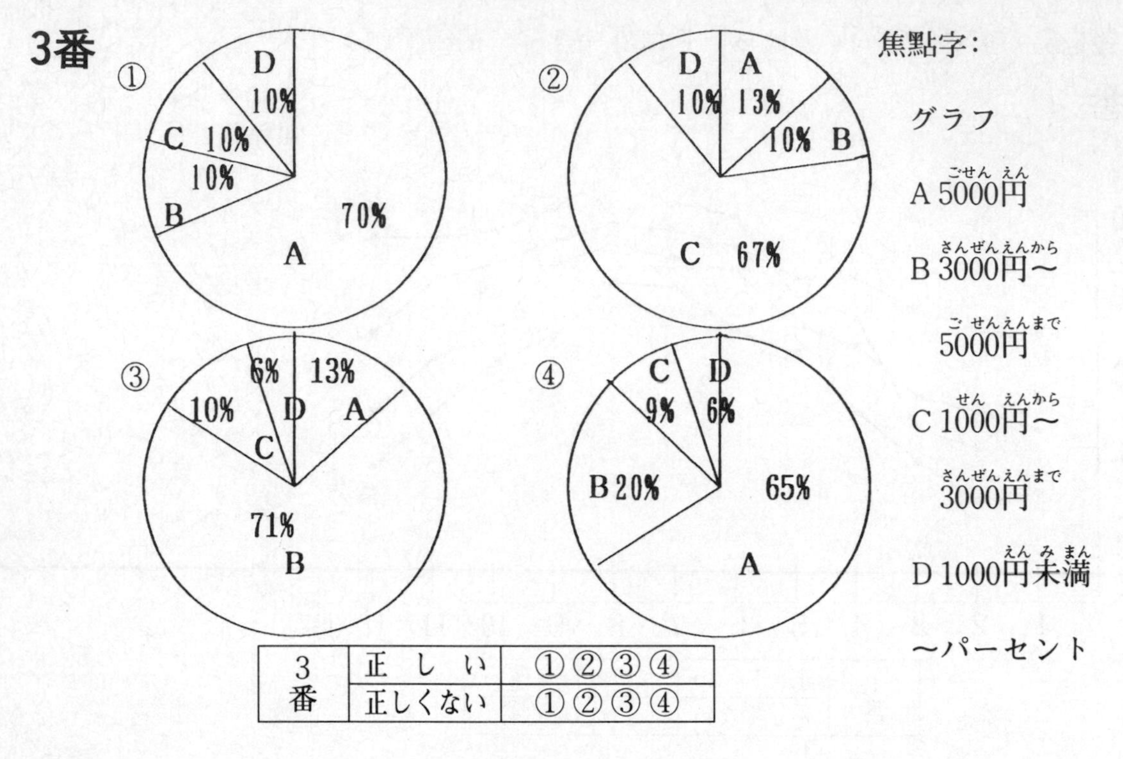

3番	正しい	①②③④
	正しくない	①②③④

焦點字:

グラフ

A 5000円（ごせんえん）

B 3000円（さんぜんえん）から～5000円（ごせんえん）まで

C 1000円（せんえん）から～3000円（さんぜんえん）まで

D 1000円未満（せんえんみまん）

～パーセント

4番

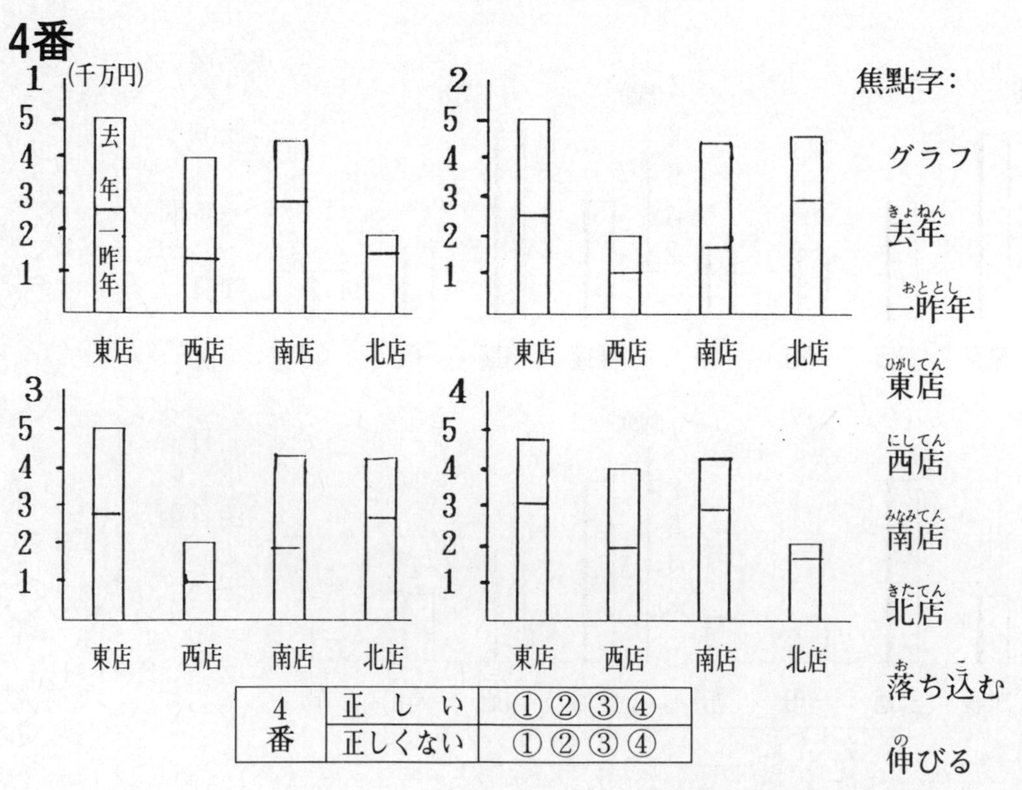

4番	正しい	①②③④
	正しくない	①②③④

焦點字:

グラフ

去年（きょねん）

一昨年（おととし）

東店（ひがしてん）

西店（にしてん）

南店（みなみてん）

北店（きたてん）

落ち込む（おちこむ）

伸びる（のびる）

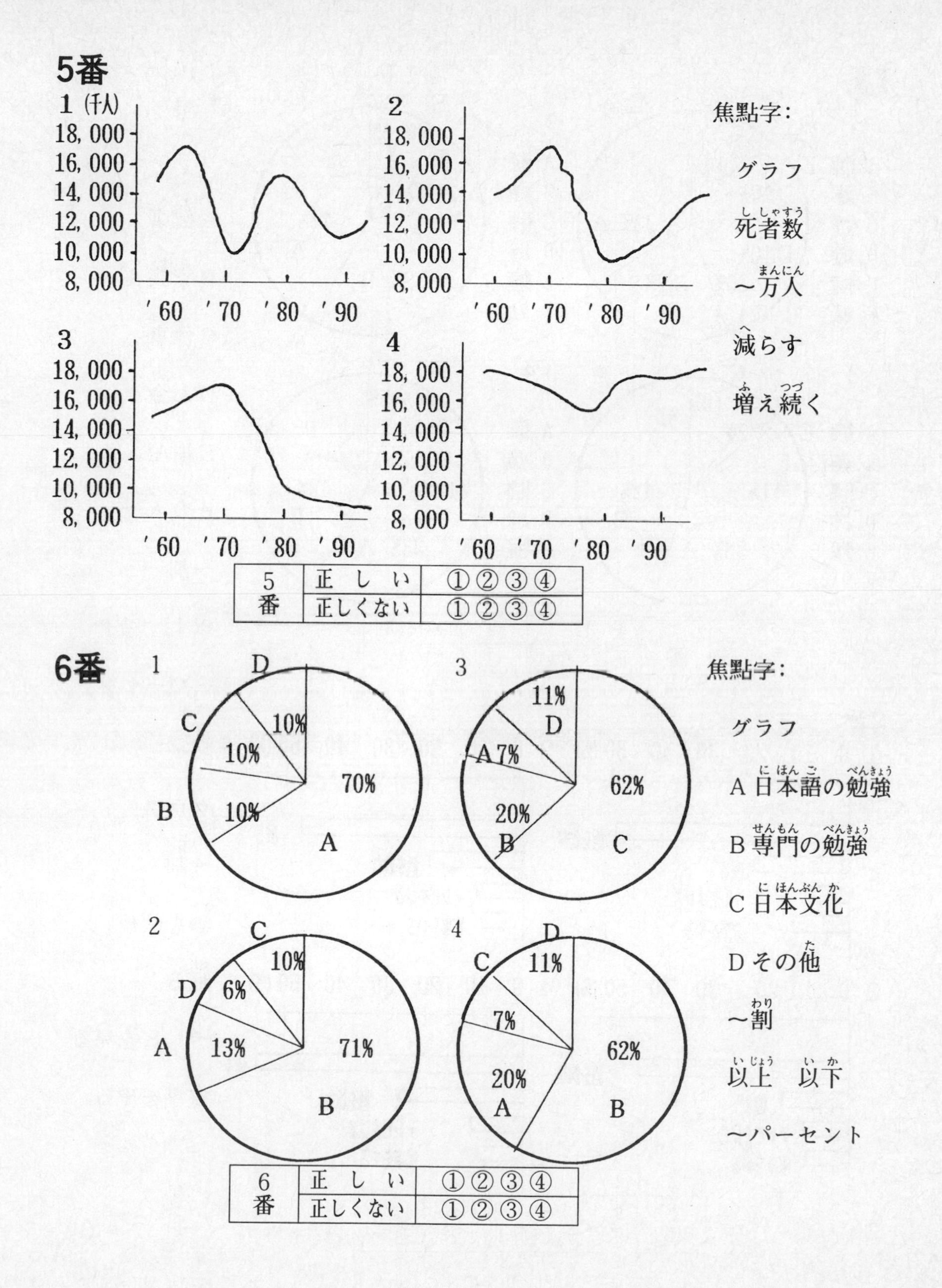
5番
1 (千人)
18,000
16,000
14,000
12,000
10,000
8,000
'60 '70 '80 '90
2
3
4
5番 正しい ①②③④
正しくない ①②③④
焦點字:
グラフ
死者数(ししゃすう)
～万人(まんにん)
減(へ)らす
増(ふ)え続(つづ)く
6番
1
D 10%
C 10%
B 10%
70% A
2
C 10%
D 6%
A 13%
71% B
3
11% D
A 7%
20% B
62% C
4
D 11%
C 7%
20% A
62% B
6番 正しい ①②③④
正しくない ①②③④
焦點字:
グラフ
A 日本語(にほんご)の勉強(べんきょう)
B 専門(せんもん)の勉強(べんきょう)
C 日本文化(にほんぶんか)
D その他(た)
～割(わり)
以上(いじょう) 以下(いか)
～パーセント

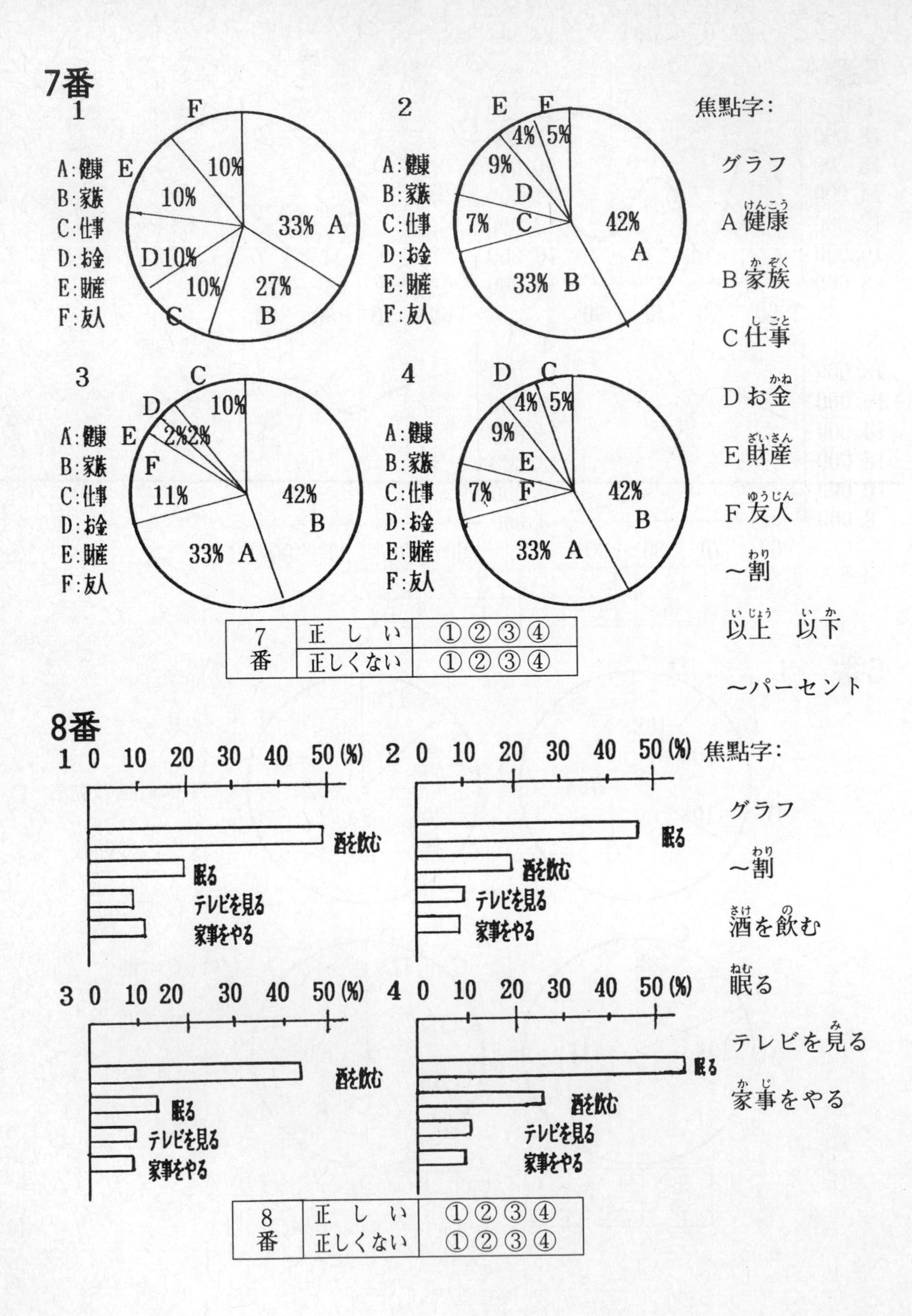
7番
1
A:健康
B:家族
C:仕事
D:お金
E:財産
F:友人
F E 10% 10% 33% A D10% 10% 27% C B
2
A:健康
B:家族
C:仕事
D:お金
E:財産
F:友人
E F 4% 5% 9% D 7% C 42% A 33% B
3
A:健康
B:家族
C:仕事
D:お金
E:財産
F:友人
C D 10% E 2%2% F 11% 42% B 33% A
4
A:健康
B:家族
C:仕事
D:お金
E:財産
F:友人
D C 4% 5% 9% E 7% F 42% B 33% A
7番 正しい ①②③④
正しくない ①②③④
焦點字:
グラフ
A 健康
B 家族
C 仕事
D お金
E 財産
F 友人
～割
以上 以下
～パーセント
8番
1 0 10 20 30 40 50 (%)
酒を飲む
眠る
テレビを見る
家事をやる
2 0 10 20 30 40 50 (%)
眠る
酒を飲む
テレビを見る
家事をやる
3 0 10 20 30 40 50 (%)
酒を飲む
眠る
テレビを見る
家事をやる
4 0 10 20 30 40 50 (%)
眠る
酒を飲む
テレビを見る
家事をやる
8番 正しい ①②③④
正しくない ①②③④
焦點字:
グラフ
～割
酒を飲む
眠る
テレビを見る
家事をやる

9番

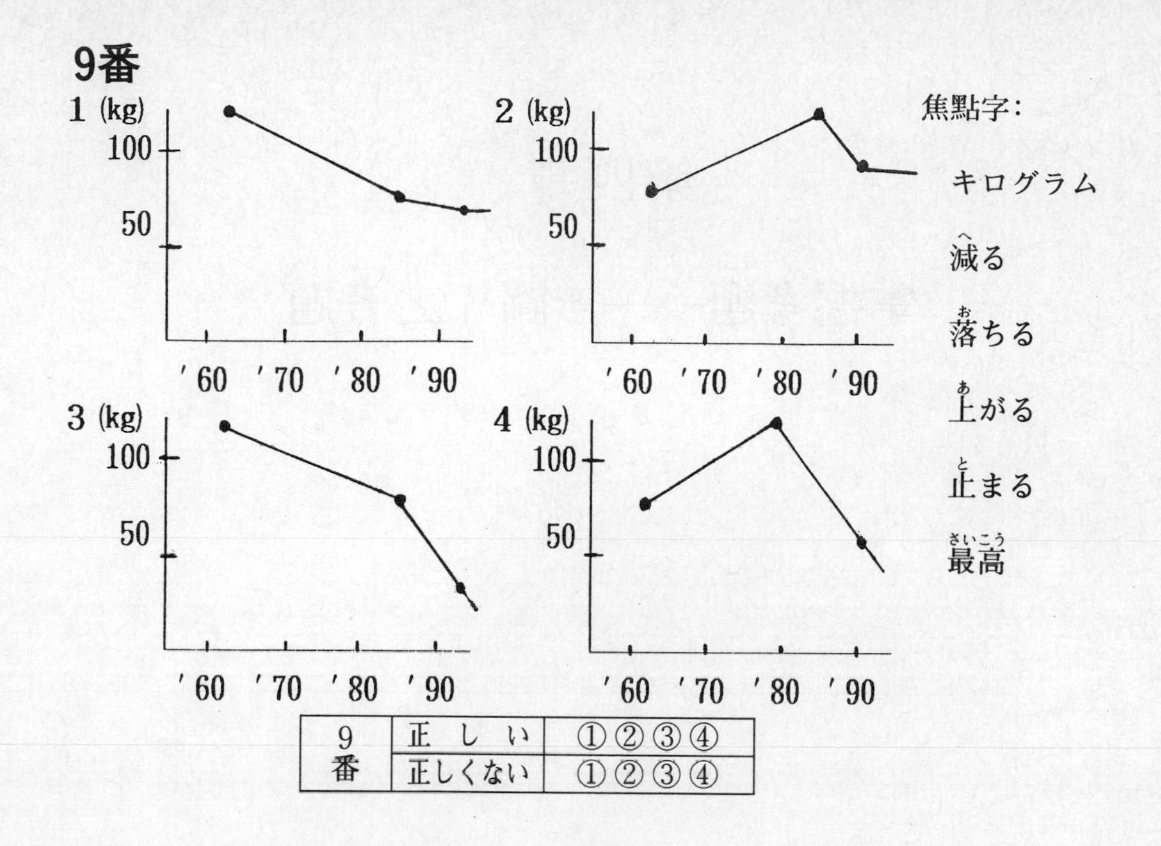

焦點字:

キログラム

減(へ)る

落(お)ちる

上(あ)がる

止(と)まる

最高(さいこう)

9番	正　し　い	①②③④
	正しくない	①②③④

⇨⇨⇨　以上練習之標準答案爲:

1番3　2番1　3番3　4番1　5番2
6番4　7番2　8番4　9番1

第四章

掌握考題——無圖片之考題

本章主要目的是提供練習作答沒有圖片提示之考題。

作答有圖片暗示的問題Ⅰ考題時，如果能確實掌握前章所介紹之「鎖焦」的功夫，相信定能有效地從圖片的暗示掌握得分之鑰。至於沒有圖片的問題Ⅱ、Ⅲ考題，難度較高，需要相當的語彙能力及聽解實力才能從容應付。

我們將歷年來之考題大致分析、整理成以下項目：

１．（いつ？時間等）的問題、
２．（どこ？場所）的問題、
３．（いくら？いくつ？數量）的問題、
４．（どうする？動作）的問題、
５．（何？誰？－物や人の名前や事柄などを聞く）問題、
６．（どうして？なぜ？理由）的問題。

語彙能力是聽解能力的基礎，因此、挑戰沒有圖片的問題Ⅱ、Ⅲ考題，我們爲您整理出各項目中的相關詞句，並有熱身的「練習問題」幫您熟悉問題形態。了解出題方式後，再練習「正式問題」。相信透過此具體的實力訓練，考場上的您更能得心應手了。

首先是有關（いつ？時間等）的問題:

掌握有關『時間』的問題，必須先熟悉一些相關的語彙，現在將其整理如下:

～時(じ)　～分(ふん/ぶん)、　～分前(ふん/ぶんまえ)、　～分進(すす)んでいる、　～分遅(おく)れている、

～月(がつ)　～日(にち)、　～曜日(ようび)、　朝(あさ)、　昼(ひる)、　夕方(ゆうかた)、　晩(ばん)、　午前中(ごぜんちゅう)、　午後(ごご)、　午前(ごぜん)

おととい、　昨日(きのう)、　今日(きょう)、　明日(あした)、　明後日(あさって)、　今朝(けさ)、　今晩(こんばん)、　明朝(みょうちょう)、　昨晩(さくばん)

一昨年(おととし)、　去年(きょねん)、　今年(ことし)、　来年(らいねん)、　再来年(さらいねん)、

～日前(にちまえ)、　～日後(にちご)、　～ヵ月前(かげつまえ)、　～ヵ月後(かげつご)、　～年前(ねんまえ)、　～年後(ねんご)、

季節(きせつ)（春(はる)、夏(なつ)、秋(あき)、冬(ふゆ)）　期間(きかん)（～週間(しゅうかん)、～ヵ月間(かげつかん)、～年間(ねんかん)）

上旬(じょうじゅん)、　中旬(ちゅうじゅん)、　下旬(げじゅん)、　月末(げつまつ)、　年末(ねんまつ)

練習問題

以下是一些簡單的聽力練習，請仔細聆聽卡帶後，選出一正確答案。
對話之全部內容及標準答案請參考下頁。

1、今、何時ですか。（　）

2、今、何時ですか。（　）

3、女の人の誕生日はいつですか。（　）

4、女の人はいつ先生と会いますか。（　）

5、（　）

6、（　）

練習問題の正解スクリプト

1、今、何時ですか。

男の人：すみません。今、何時ですか。
女の人：ええと、5時10分前です。
男の人：どうも。

今、何時ですか。

1、4時10分です。
2、4時50分です。
3、5時10分です。
4、5時50分です。　　　　　（正解　2）

2、今、何時ですか。

女の人：ねえ、今、何時？
男の人：ほら。（時計を見せる）
女の人：2時40分ね。
男の人：あっ、僕の時計、5分遅れてるよ。
女の人：え？5分遅れてるの？じゃあ、…

今、何時ですか。

1、2時30分です。
2、2時35分です。
3、2時40分です。
4、2時45分です。　　　　　（正解　4）

3、女の人の誕生日はいつですか。

男の人：幸子さんの誕生日はいつ？
女の人：わたし？4月2日よ。何かくれるの？
男の人：いや。聞いてみただけ。

女の人の誕生日はいつですか。

1、4月2日です。
2、4月20にちです。
3、7月2日です。
4、7月5日です。　　　　　（正解　1）

4、女の人はいつ先生と会いますか。

女の人：先生、あのう、ご相談したいことがあるんですが、今日の午後、お時間よろしいですか。
先　生：悪いけど、今日の午後は会議があるんだよ。
女の人：じゃあ、明日の午前中はいかがですか。
先　生：ああ、いいよ。

女の人はいつ先生と会いますか。

1、今日の午前中です。
2、今日の午後です。
3、明日の午前中です。
4、明日の午後です。　　　　　（正解　3）

5、男の人が写真屋に来ました。写真はいつできますか。

店　員：いらっしゃいませ。
男の人：これ、プリントお願いしたいんですが。
店　員：はい。
男の人：あのう、いつできますか。
店　員：明日の午後5時頃になります。
男の人：じゃあ、お願いします。

写真はいつできますか。

1、今日の夕方です。
2、明日の朝です。
3、明日の昼です。
4、明日の夕方です。　　　　　（正解　4）

6、女の人はどのくらい日本語を勉強しましたか。

男の人：チンさんは日本語が上手ですね。
女の人：いえ、そんなことないですよ。
男の人：どのくらい勉強したんですか。
女の人：まだ6ヵ月です。

1、2ヵ月です。
2、5ヵ月です。
3、半年です。
4、1年です。　　　　　（正解　3）

接著是有關（どこ？場所）的問題:

掌握有關『場所』的問題，必須先熟悉一些相關的語彙，現在將其整理如下:

上、 中、 下、 右（側）、 左（側）、 前、 後ろ、 横、 そば、 近く

隣、 向かい（側）、 角、 突き当たり、 先、 手前、

[場所、施設]

学校、 銀行、 会社、 郵便局、 デパート、 公園、 病院、 図書館、

ホテル、 映画館、 レストラン、 喫茶店、 本屋、 花屋、 駐車場、 駅、

ホーム、改札、 バス停、

[建物の中の場所]

部屋、 教室、 事務室、 会議室、 お手洗い（トイレ）、 玄関、 階段、

エレベーター、 エスカレーター、ホール

[部屋の中にある物]

机（テーブル）、 椅子、 ソファー、 テレビ、 ステレオ、 ラジオ、

カーテン、 カーペット、 クーラー、 ベッド、 ドア、 花瓶、 灰皿、

電話、 本棚、 冷蔵庫、 たんす、 窓、 壁、

練習問題

以下是一些簡單的聽力練習，請仔細聆聽卡帶後，選出一正確號碼填入插圖中。對話之全部內容及標準答案請參考下頁。

Ｉテープを聞いて絵に番号を書きなさい。

Ⅱテープを聞いて地図に番号を書きなさい。

1、郵便局　2、映画館　3、銀行　4、田中病院　5、青木眼科

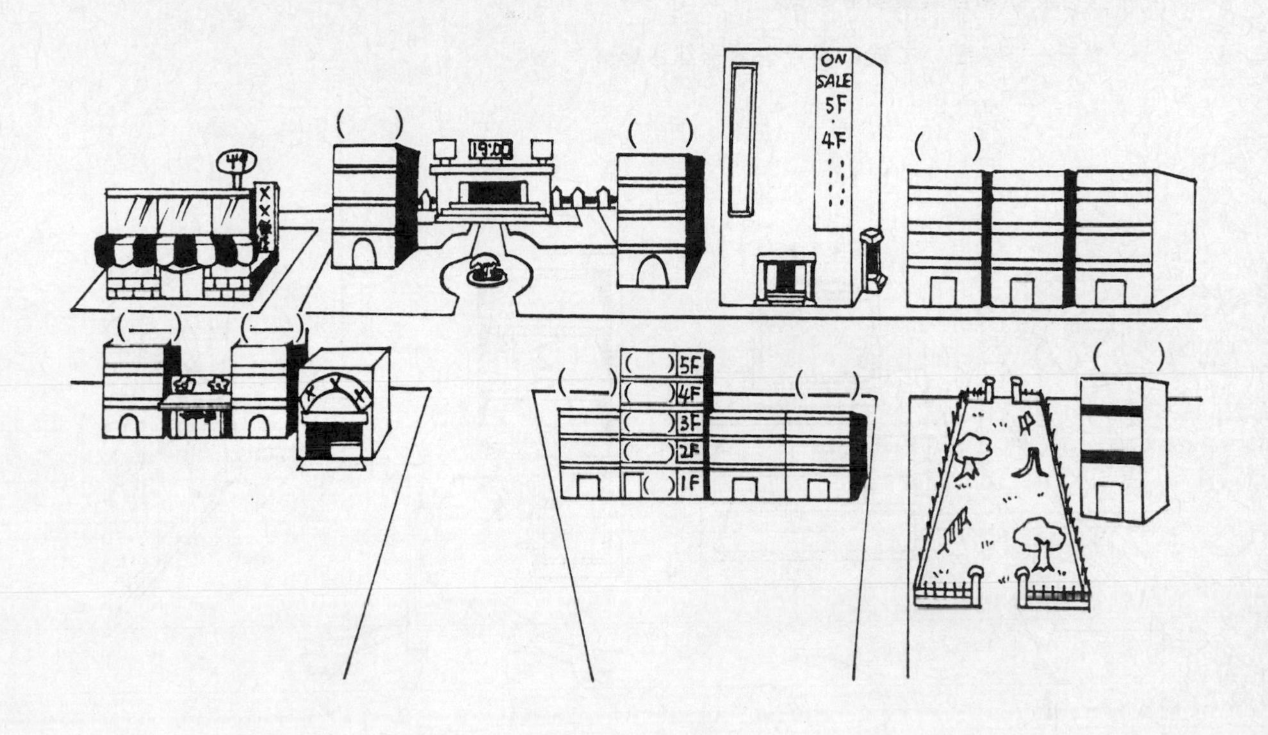

練習問題解答

以下是一些簡單的聽力練習，請仔細聆聽卡帶後，選出一正確號碼填入插圖中。對話之全部內容及標準答案請參考下頁。

I テープを聞いて絵に番号を書きなさい。

Ⅱテープを聞いて地図に番号を書きなさい。

1、郵便局　2、映画館　3、銀行　4、田中病院　5、青木眼科

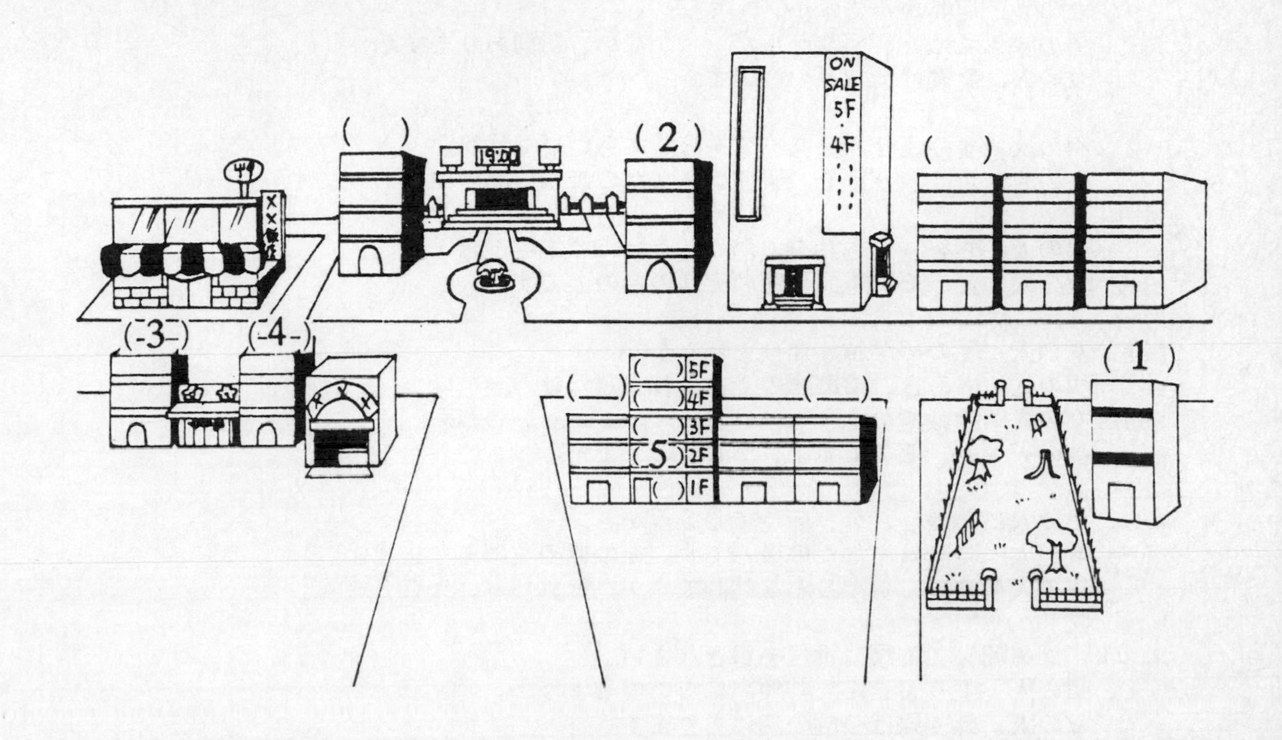

練習問題の正解スクリプト

Ｉ　テープを聞いて絵に番号を書きなさい。

1、男の人：今晩、おもしろい番組があるんですよ。
　　女の人：何時からですか。
　　男の人：ええと、何時からだったかなあ。新聞ありますか。
　　女の人：新聞はテレビの右です。

2、男の人：すみません。タバコを吸ってもいいですか。
　　女の人：ええ、どうぞ。灰皿はあなたの後ろの棚の中にあります。

3、男の人：ちょっと電話をお借りしたいんですけど。
　　女の人：どうぞ。電話は窓のそばの台の上です。

4、女の人：私のめがね、知りませんか。
　　男の人：さっき、冷蔵庫の上にありましたけど。
　　女の人：冷蔵庫の上？ないけど・・。おかしいわねえ。
　　男の人：あ、そこですよ。テレビの下です。

5、男の人：あのう、今、何時でしょうか。
　　女の人：時計はあなたの後ろです。その棚の左にありますよ。
　　男の人：あっ、もうこんな時間ですか。それじゃ、失礼します。

Ⅱ　テープを聞いて地図に番号を書きなさい。

1、男の人：すみません。郵便局はどこでしょうか。
　　女の人：郵便局は公園の隣にあります。

2、男の人：あのう、映画館へ行きたいんですが。
　　女の人：映画館はデパートの右側にあります。

3、男の人：すみません。この辺に銀行はありますか。
　　女の人：ぎんこうですか。ええと、そのレストランの前に花屋がありますから、その右です。
　　男の人：花屋の右ですね。どうも。

4、女の人：すみません。田中病院はどこにありますか。
　　男の人：駅前に小さな喫茶店があるんですが。
　　女の人：はい。
　　男の人：その隣がそうです。

5、男の人：あのう、青木眼科はどこでしょうか。
　　女の人：駅の近くにデパートがあるのを知ってますか。
　　男の人：はい。
　　女の人：その前にビルがあるんですが、そのビルの２階がそうです。
　　男の人：どうも、ありがとうございました。

接著是有關（いくら？いくつ？數量）的問題：

掌握有關『數量』的問題，必須先熟悉一些相關的語彙，現在將其整理如下：

電話番号、　値段ーいくら（～円、～元、～ドル）、　個数（～個、いくつ）、

～人、　～階、　～杯、　～番、　～番目（いくつ目）、　～回（～回目）、　～泊

～冊（本）、　～枚（紙、服）、　～本（細長い物）、　～匹（小さい動物）、

～頭（大きい動物）、　～羽（鳥類、うさぎ）、　～台（車、機械）、

～才、　～才上、　～才下、　いくつ違い

練習問題

以下是一些簡單的聽力練習，請仔細聆聽卡帶後，選出一正確答案。
對話之全部內容及標準答案請參考下頁。

1、女の人はおつりをいくらもらいますか。（　）

2、ディズニーランドの電話番号は何番ですか。（　）

3、田中さんの家は何人家族ですか。（　）

4、今、電車に乗っています。東京はいくつ目ですか。（　）

5、（　）

6、（　）

7、（　）

練習問題の正解スクリプト

１、女の人はおつりをいくらもらいますか。

女の人：すみません。８０円の切手を５枚ください。
男の人：はい、５枚ですね。４００円いただきます。
女の人：それじゃあ、１０００円でおつりをください。
男の人：はい。

女の人はおつりをいくらもらいますか。

１、８０円です。
２、４００円です。
３、６００円です。
４、１０００円です。　　　　（正解　３）

２、ディズニーランドの電話番号は何番ですか。

男の人：すみません。ディズニーランドの電話番号は何番ですか。
女の人：ディズニーランドは、０４７３の５４の０００１です。
男の人：０４７３の４５の・・。
女の人：いいえ、０４７３の５４の０００１です。
男の人：あっ、５４の０００１ですか。どうも。

ディズニーランドの電話番号は何番ですか。

１、０４３７－４５－０００１です。
２、０４３７－５４－０００１です。
３、０４７３－４５－０００１です。
４、０４７３－５４－０００１です。　　　　（正解　４）

３、田中さんの家は何人家族ですか。

男の人：田中さんのご家族は何人ですか。
田　中：両親と兄が１人、それに弟が２人います。

田中さんの家は何人家族ですか。

１、４人です。
２、５人です。
３、６人です。
４、７人です。　　　　（正解　３）

４、今、電車に乗っています。東京はいくつ目ですか。

男の人：東京はまだですか。

女の人：もうすぐですよ。今、秋葉原を出たところですから、次の次です。

東京はいくつ目ですか。

1、一つ目です。
2、二つ目です。
3、三つ目です。
4、四つめです。　　　　　　　　（正解　2）

5、男の人が図書館で本を借ります。一人何冊まで借りることができますか。

男の人：すみません。本を借りたいんですが、一人何冊まで借りられるんですか。
女の人：一人5冊までです。
男の人：じゃ、この4冊、お願いします。

一人何冊まで借りることができますか。

1、3冊までです。
2、4冊までです。
3、5冊までです。
4、6冊までです。　　　　　　　　（正解　3）

6、リンさんは日本へ旅行に行きます。リンさんが日本へ行くのは今回で何回目ですか。

男の人：リンさん、来週、日本へ行くんだって？
女の人：うん。一週間、休みがとれたから。
男の人：日本へ行くのは初めて？
女の人：ううん、学生の時、一回と去年仕事で一回行ったから、今回で・・。

リンさんが日本へ行くのは今回で何回目ですか。

1、1回目です。
2、2回目です。
3、3回目です。
4、4回目です。　　　　　　　　（正解　3）

7、由美さんは何才ですか。

男の人：由美さんは何人兄弟ですか。
女の人：兄が一人と弟が一人、それに私の三人兄弟です。
男の人：お兄さんはおいくつですか。
女の人：私と一つ違いですから、今、20才です。
男の人：じゃあ、弟さんは？
女の人：　弟は私より二つ下ですから、17才です。

由美さんは何才ですか。

1、１７才です。
2、１８才です。
3、１９才です。
4、２０才です。　　　　　　　（正解　3）

接著是有關（どうする？動作）的問題：

掌握有關『動作』的問題，由於涉及『動作』的字彙相當多，無法一一羅列，讓我們熟悉題目的問題模式，以便掌握整個作答過程。現在將有關『動作』問題的問法整理如下：

A：～する前、
～してから、
～した後、
～たら、
→ 何をする？ or どうする？

B：まず
すぐ
これから
始めに
最初に
最後に
→ 何をする？ or どうする？

C：どうやって、～？
どうすれば、いい？
どう考えている？
どうするつもり？
どうなる？

D：～は何をするように言いました？
～に何をさせたい？
～に何をされた？
～してはいけないことは何ですか？

その他：いつの動作
誰の動作（男の人／女の人／二人）

練習問題

以下是一些簡單的聽力練習，請仔細聆聽卡帶後，選出一正確答案。
對話之全部內容及標準答案請參考下頁。

1、女の人は明日何をしますか。（ ）

2、山田さんは休みの日はいつも何をしますか。（ ）

3、（ ）

4、（ ）

5、（ ）

練習問題の正解スクリプト

1、女の人は明日何をしますか。

男の人：ねえ、明日、一緒に映画を見に行こうよ。
女の人：何、言ってるの、あさっては英語のテストがあるのよ。
男の人：あ、そうか。忘れてた。じゃあ、図書館で一緒に勉強しよう。
女の人：ごめん。明日は恵子の家で勉強することになってるの。

女の人は明日何をしますか。

1、映画を見ます。
2、英語のテストをします。
3、図書館で勉強します。
4、友達の家で勉強します。　　　　　　（正解　4）

2、山田さんは休みの日はいつも何をしますか。

女の人：山田さんは休みの日はいつも何をしているんですか。
男の人：そうですねえ。海や山へ行きます。
女の人：何をしに行くんですか。
男の人：写真ですよ。きれいな景色を撮るのが趣味なんです。

山田さんは休みの日はいつも何をしますか。

1、海で泳ぎます。
2、山を登ります。
3、写真を撮ります。
4、絵を描きます。　　　　　　（正解　3）

3　男の人は今からどうしますか。

女の人：鈴木さん、さっき山本さんっていう人から電話がありましたよ。
男の人：あ、そう。じゃあ、昼ご飯を食べてから電話してみるよ。
女の人：いえ、それが、外からだそうで、すぐにかけ直すから、会社で待っていてほ
そうです。
男の人：じゃあ、そうするか。

男の人は今からどうしますか。

1、電話をかけます。
2、電話を待ちます。
3、食事をします。
4、出かけます。　　　　　　（正解　2）

4　男の人は今すぐ何をしますか。

女の人：田中君、帰るの？
男の人：うん。喫茶店でコーヒーでも飲んでから帰るつもりだけど。
女の人：何、言ってるの。今日はヨウコと映画を見に行くんじゃなかったの。
男の人：あっ、そうだ。すっかり忘れてた。
女の人：ヨウコ、教室で待ってるから、早く行ってあげなさいよ。
男の人：うん、そうする。

男の人は今すぐ何をしますか。

１、家へ帰ります。
２、喫茶店へ行きます。
３、映画館へ行きます。
４、教室へ行きます。　　　　　　　　（正解　4）

5　男の人と女の人が話しています。２人はこれからどうしますか。

男の人：次のバスまで、あとどのくらいある？
女の人：まだ１時間ぐらいあるわよ。
男の人：じゃあ、喫茶店で一休みしょうか。
女の人：それより、私、お土産を買いに行きたいのよ。一緒に行かない？
男の人：僕はいいよ。疲れちゃったから、喫茶店で待ってるよ。
女の人：そう、じゃあ、あとでね。

２人はこれからどうしますか。

１、２人とも喫茶店で休みます。
２、２人ともお土産を買いに行きます。
３、男の人は喫茶店で休み、女の人はお土産を買いに行きます。
４、女の人は喫茶店で休み、男の人はお土産を買いに行きます。　　　　（正解　3）

接著是有關（何？誰？－物や人の名前を聞く）問題：

掌握有關『什麼、誰』的問題，同樣地由於涉及『什麼、誰』的字彙相當多，也無法一一羅列，讓我們熟悉題目的問題模式，以便掌握整個作答過程。現在將有關『什麼、誰』之問題的問法整理如下：

本類題主要測試東西之名稱、人稱、事情等的聽辨能力，如下列A所示，請特別留意聽取「何」、「誰」前後之文句。

A：「何」を飲みますか。問「飲料」的名稱。
　　仕事は「何」ですか。問「工作」的名稱。
　　「誰」と一緒に行きましたか。問「行爲之共同者」。

問題形式有：

B：原料は何？
　　講演のテーマは何？
　　あと、何が必要？
　　～にとって、何が大切？
　　何について話している？
　　～と感じていることはどんなこと？
　　どんな～を紹介していますか？
　　誰が～

練習問題

以下是一些簡單的聽力練習，請仔細聆聽卡帶後，選出一正確答案。
對話之全部內容及標準答案請參考下頁。

1、男の人は何を飲みますか。

2、学生たちは明日のテストのために何を用意しますか。

3、（　）

4、（　）

5、（　）

練習問題の正解スクリプト

１、男の人は何を飲みますか。

店員：いらっしゃいませ。何になさいますか。
女客：私、オレンジジュース。
店員：オレンジジュースがおひとつですね。
男客：僕はコーヒー。
店員：コーヒーはアイスとホットがございますが。
男客：冷たいのをください。

男の人は何を飲みますか。

１、アイスコーヒです。
２、ホットコーヒーです。
３、オレンジジュースです。
４、コーヒーとオレンジジュースです。（正解　１）

２、学生たちは明日のテストのために何を用意しますか。

先生：明日の作文のテストは辞書を使いますから、忘れないように。ノートは見てはいけません。それから、ボールペンはダメですから、鉛筆と消しゴムも用意して来てください。

学生たちは明日のテストのために何を用意しますか。

１、辞書とノートです。
２、辞書とボールペンです。
３、鉛筆と消しゴムです。
４、辞書と鉛筆と消しゴムです。　　　　　　（正解　４）

３、女の人は男の人に何を買って来るように頼みますか。

男の人：ちょっと出掛けて来るよ。
女の人：どこ行くの？
男の人：駅前のタバコ屋まで。
女の人：じゃ、この葉書出して来てくれる？
男の人：うん。いいよ。
女の人：それから、８０円切手も買って来て。
男の人：わかった。

女の人は男の人に何を買って来るように頼みましたか。

１、タバコです。
２、葉書です。
３、切手です。

4、葉書と切手です。　　　　　　　　（正解　3）

4、女の人がバッグを盗まれました。バッグの中に入っていなかった物は何ですか。

男の人：どうしたの？元気ないね。
女の人：さっき、デパートへ行ったんですけどね。足もとにバッグを置いて、バーゲンのシャツを見てたんです。それで、気が付いたら、バッグがなくなってて、誰かに盗まれちゃったみたいなんです。
男の人：えっ～、で、お金とか入ってたの？
女の人：それが、その時、財布は上着のポケットに入れていたから、大丈夫だったんですけど。
男の人：じゃあ、よかったじゃない。
女の人：ええ、でも、中には学校で使う教科書やノートが入ってたんです。それに買ったばかりの眼鏡も。ああ、ついてないなあ。

バッグの中に入っていなかった物は何ですか。

1、教科書です。
2、ノートです。
3、眼鏡です。
4、お金です。　　　　（正解　4）

5、先週の日曜日、男の人と一緒に歩いていた人は誰ですか。

女の人：木村君、見たわよ。先週の日曜日、きれいな女の人と一緒に歩いていたでしょう。
男の人：え？日曜日？
女の人：そう。駅の近くのデパートで。
男の人：ああ、あの時か。
女の人：あの人、ガールフレンド？
男の人：違うよ。姉貴。
女の人：なあんだ。お姉さんなの。
男の人：そう。先週、妹の誕生日だったんで、そのプレゼントを一緒に選びに行ってたんだよ。

男の人と一緒に歩いていた人は誰ですか。

1、お姉さんです。
2、お兄さんです。
3、妹さんです。
4、ガールフレンドです。　　　　　　（正解　1）

接著是有關（どうして、なぜ？理由等）的問題：

掌握有關『理由』的問題，必須注意聽取全文，相同的由於涉及的相關的語彙很多無法一一列舉，僅將其問題模式整理如下：

A：「何故」車を洗ってる？
その人形は「どうして」男の人の家にある？
先生は「どうして」学生の点がよくなかったと考えている？
「何故」アルバイトを断った？
テレビが付かない。「どうして」？
約束の時間に遅れた。「どうして」？
「どうして」やせない。
「どうして」疲れている？
「どうして」旅行の計画を立てるのが嫌？
男の人の家には「どうして」この写真がある？
火事があった。「原因」は？
会社をよく休む「理由」は何？

練習問題

以下是一些簡單的聽力練習，請仔細聆聽卡帶後，選出一正確答案。
對話之全部內容及標準答案請參考下頁。

1、男の人が約束の時間に遅れました。どうしてですか。（　）

2、中村さんは今日会社を休みました。どうしてですか。（　）

3、二人の学生がテストについて話しています。男の学生はどうしてテストができなかったと考えていますか。（　）

4、（　）

5、（　）

練習問題の正解スクリプト

1、男の人が約束の時間に遅れました。どうしてですか。

男の人：ごめ～ん。遅くなって。
女の人：何してたのよ。さっき家に電話をしたのよ。
男の人：家は早く出たんだけどね。バス停に行く途中で学校の先生に会っちゃって、
少し話してたら、バスに乗り遅れちゃったんだ。

男の人はどうして遅れましたか。

1、朝寝坊したからです。
2、家を遅く出たからです。
3、先生に電話をしていたからです。
4、先生と話していたからです。（正解　4）

2、中村さんは今日会社を休みました。どうしてですか。

女の人：中村さん、今日もお休みですか。この前、ご主人が怪我をしたって言ってたけど。まだよくならないのかしら。
男の人：今日は風邪らしいよ。
女の人：ご主人がですか。
男の人：いや、本人が。

中村さんは今日会社を休みました。どうしてですか。

1、ご主人が怪我をしたからです。
2、ご主人が風邪をひいたからです。
3、本人が怪我をしたからです。
4、本人が風邪をひいたからです。　　　　　（正解　4）

3、二人の学生がテストについて話しています。男の学生はどうしてテストができなかったと考えていますか。

女の人：今のテスト、難しかったわね。私、全然できなかった。高橋君は？
男の人：僕もだめだったよ。
女の人：だいたいテストの範囲が広すぎるわよねえ。これじゃあ、全部覚えられないわよ。
男の人：いや、僕は昨日必死で勉強したから、問題はそれほど難しくなかったんだけど、時間が足りなくって。

男の学生はどうしてテストができなかったと考えていますか。

1、問題が難しすぎたからです。
2、範囲が広すぎたからです。
3、時間が短かすぎたからです。

４、勉強をしなかったからです。　　　　　　（正解　３）

４、女の人はどうして甘い物を食べたくないのですか。

男の人：ああ、暑いなあ。ねえ、アイスクリームでも食べに行こうか。
女の人：ううん。今はちょっと・・・。
男の人：どうしたんだよ。気分でも悪いの？甘い物、好きだったじゃない。
女の人：うん、そうなんだけど。
男の人：あ、わかった。ダイエットだろう。
女の人：ううん。そんなんじゃないの。今ね、虫歯で歯が痛いのよ。
男の人：な～んだ。

女の人はどうして甘い物を食べたくないのですか。

１、甘い物が嫌いだからです。
２、気分が悪いからです。
３、甘い物を食べると、太るからです。
４、歯が痛いからです。　　　　　　（正解　４）

５、男の人が風邪をひきました。何故、風邪をひきましたか。

男の人：ゴホッゴホッ。（咳をする）
女の人：田中君、風邪をひいたの。
男の人：そうなんだ。
女の人：いつから。
男の人：昨日。ゴホッ。
女の人：最近、暑くなったり、寒くなったりで、お天気が不安定だものね。それで、風邪をひいたんでしょう。
男の人：違うよ。昨日、雨が降っていただろう。それなのに、野球の試合があったんだよ。それで、雨に濡れちゃって。
女の人：ああ、そうなの。私にうつさないでよ。

男の人は何故、風邪をひきましたか。

１、毎日寒いからです。
２、雨に濡れたからです。
３、最近天気が不安定だからです。
４、他の人にうつされたからです。　　　　　　（正解　２）

正式問題

§「いつ、時間」之考題。

1番　学生はいつ先生に会いますか。

1	正　し　い	①　②　③　④
番	正しくない	①　②　③　④

2番　天気予報を聞いてください。大阪で桜が咲くのはいつ頃ですか。

2	正　し　い	①　②　③　④
番	正しくない	①　②　③　④

3番　男の人と女の人が久しぶりに会いました。男の人はいつ結婚しましたか。

3	正　し　い	①　②　③　④
番	正しくない	①　②　③　④

4番　男の人と女の人が電話で話しています。２人は明日、何時から映画を見ますか。

4	正　し　い	①　②　③　④
番	正しくない	①　②　③　④

5番　ある会社のフレックス・タイム制について話しています。この会社では社員全員に共通の勤務時間は何時から、何時までですか。

5	正　し　い	①　②　③　④
番	正しくない	①　②　③　④

§「場所、位置」之考題。

1番　男の人と女の人が話しています。女の人はどこでワープロを買うことにしましたか。

1	正　し　い	①	②	③	④
番	正しくない	①	②	③	④

2番　会社で男の人と女の人が話しています。２人はどこで昼ご飯を食べますか。

2	正　し　い	①	②	③	④
番	正しくない	①	②	③	④

3番　男の人と女の人が話しています。２人は今度の日曜日、どこで会うことにしましたか。

3	正　し　い	①	②	③	④
番	正しくない	①	②	③	④

4番　デパートのアナウンスを聞いてください。中村さんはどこへ行けばいいですか。

4	正　し　い	①	②	③	④
番	正しくない	①	②	③	④

5番　男の人はレストランに来て、ウェートレスと話しています。男の人はどこに座りますか。

5	正　し　い	①	②	③	④
番	正しくない	①	②	③	④

§「いくら、いくつ、数量」的考題。

1番　女の人は何番のバスに乗りますか。

1	正　し　い	①	②	③	④
番	正しくない	①	②	③	④

2番　女の人が八百屋のおじさんと話しています。女の人は玉葱をいくつ買いますか。

2番	正　し　い	①　②　③　④
	正しくない	①　②　③　④

3番　女の人がビデオ・カメラを買いに来ました。女の人はいくら払いますか。

3番	正　し　い	①　②　③　④
	正しくない	①　②　③　④

4番　男の人と女の人が話しています。女の人のお父さんは今、何才ですか。

4番	正　し　い	①　②　③　④
	正しくない	①　②　③　④

5番　旅行会社の人が旅行の日程について話しています。大阪では何泊する予定ですか。

5番	正　し　い	①　②　③　④
	正しくない	①　②　③　④

8「どうする、動作」的考題。

1番　女の人は今、レポートを書いています。レポートが書き終わったら、まず、どうしますか。

1番	正　し　い	①　②　③　④
	正しくない	①　②　③　④

2番　男の人は今度の日曜日に何をする予定ですか。

2番	正　し　い	①　②　③　④
	正しくない	①　②　③　④

3番　男の人がバスの中に忘れ物をしました。男の人はいつ、どうしますか。

3 番	正　　し　　い	①　②　③　④
	正しくない	①　②　③　④

4番　男の人と女の人が子供について話しています。男の人は自分の子供にはど、うさせたいと言っていますか。

4 番	正　　し　　い	①　②　③　④
	正しくない	①　②　③　④

5番　博物館の前でガイトさんが博物館の規則について、説明しています。中でしてもいいことは何ですか。

5 番	正　　し　　い	①　②　③　④
	正しくない	①　②　③　④

8「誰、何」的考題。

1番　男の人と女の人が明日行くピクニックについて話しています。女の人は誰を連れて行きますか。女の人です。

1 番	正　　し　　い	①　②　③　④
	正しくない	①　②　③　④

2番　男の子のお父さんの仕事は何ですか。

2 番	正　　し　　い	①　②　③　④
	正しくない	①　②　③　④

3番　男の人と女の人が話ています。男の人が困っているのはどんなことですか。

3	正　し　い	①　②　③　④
番	正しくない	①　②　③　④

4番　二人の人がストレスをなくす方法について話しています。二人の共通の方法は何ですか。

4	正　し　い	①　②　③　④
番	正しくない	①　②　③　④

5番　男の人が勉強方法について話しています。この人は何が大切だと言っていますか。

5	正　し　い	①　②　③　④
番	正しくない	①　②　③　④

8「どうして、なぜ、理由」的考題。

1番　男の人と女の人が切手について話しています。男の人はどうしてこの切手を持っていますか。

1	正　し　い	①　②　③　④
番	正しくない	①　②　③　④

2番　女の人はどうして髪を短くしましたか。

2	正　し　い	①　②　③　④
番	正しくない	①　②　③　④

3番　ある大学の教授が話しています。ご飯がダイエットにいいのはなぜですか。

3	正　し　い	①　②　③　④
番	正しくない	①　②　③　④

第五章

聽解內容

正解スクリプト

「追蹤考題」

1．2級　問題I

1番　オフィスで二人が話しています。女の人はどの順番でしますか。

男の人：お昼、食べに行かない？
女の人：ええ、でも、この書類タイプしてしまわないといけないもんでかすら。これが終わってからにします。もうちょっとですから、お先にどうぞ。
男の人：頑張るね。じゃあ、お先に。
女の人：あっ、そうそう。飛行機の切符の事、三時頃連絡が入ることになっていますからあとでお電話します。

女の人はどの順番でしますか。　（　正解　3　）

2番　男の人が会社から帰って来ました。男の人はどの順番でしますか。

男の人：ただいま。ああ、暑い、暑い。
女の人：ああ、お帰りなさい。今日は暑かったでしょう？
男の人：うん。今日は外回りの仕事だったから、大変だったよ。
女の人：どうする？晩ご飯の支度、できてるけど、まず、ビール？シャワー？あ、そうそう。田中さんからちょっと前に電話があって。帰って来たら、電話くださいって。
男の人：へえ～、珍しいなあ。何だろう。じゃあ、シャワー浴びたら、電話してみよう。それから、ビールだ。食事はその後でいいよ。
女の人：はい。

男の人はどの順番でしますか。　（　正解　2　）

3番　日射病になった時の手当の仕方を説明しています。日射病で倒れた場合には、どの順序で手当をするように言っていますか。

ええ、夏に入って太陽がギラギラ照りつける屋外で激しいスポーツや運動をしたりしていると、倒れる人が出ることがあります。これが日射病です。この場合には、まず患者を日陰の涼しいところに移して下さい。ええ、それから、次に体を冷やします。冷たい水につけたタオルなどで、体を拭いたり、氷で頭を冷やしたりして下さい。そうして、しばらく様子を見て、患者が元気になったら、冷たい水やお茶、ジュースなどを出来るだけたくさん飲ませます。症状がひどい場合には…。

日射病で倒れた場合には、どの順序で手当をするように言っていますか。

（　正解　2　）

4番　クチパミンという物質はどういう順番で作りますか。

クチパミンというのは加熱したものを急激に冷やすことによって、できる物質です。それで、材料ですが、材料は同じ量のクチンとパミンで、それをよく混ぜ合わせて、それから、熱を加えるんです。その加熱の仕方が重要なんですけどね。

クチパミンという物質はどういう順番で作りますか。　　（　正解　4　）

5番　佐々木さんがコックになるまでに経験した仕事の順番を選んでください。

女の人：佐々木さんは今はコックさんとして、腕を振っていらっしゃるわけですが、以前は会社員だったと伺いましたが。
男の人：ええ、そうなんですけど。でも、会社を辞めてすぐにコックになったわけじゃなくて、まずちょっとの間、タクシーの運転手をやったんです。でも、時間が不規則でしょう。これじゃ、体が持たないと思いましてねえ、家内と相談して二人でパン屋を始めました。それが軌道に乗ってくると、どうしても小さい頃の夢を実現したくなりましてね、店を拡大して、今の仕事を始めたというわけなんですよ。

佐々木さんがコックになるまでに経験した仕事の順番を選んでください。
（　正解　1　）

6番　ヤンさんはどこを通って水を汲みに行きますか。

男の人：ヤンさん、ちょっと川で水を汲んで来てくれ。
ヤ　ン：はい。
男の人：馬の後ろを通ると、蹴っとばされて危ないから、馬の前を通って行けよ。
ヤ　ン：はい。
男の人：それから、川のこっち側ではじいさんがわさびを作ってるから。それを踏まないようにな。橋を渡って、川の向こう側で汲んで来てくれ。
ヤ　ン：わさびって、何ですか。
男の人：何でもいいから、早く行って来いよ。

ヤンさんはどこを通って水を汲みに行きますか。　　（　正解　2　）

7番　先生が体操のやり方を説明しています。説明している体操はどれですか。

ええ、まず、あお向けに寝て、足を伸ばしたまま真っ直ぐ上に上げます。ちょうど上半身と足が９０度。直角になるようにします。そうして、ゆっくり下ろします。その時に完全に下ろしてしまわないで、床から１０センチぐらいのところで止めるんです。そして、また両足を伸ばしたまま、上に上げます。

先生が説明している体操はどれですか。　　（　正解　1　）

8番　太郎君の将来について、両親が話しています。二人は太郎君にはどんな仕事に向いていると言っていますか。

父：太郎にはどんな仕事が向いているかなあ。
母：そうね。スポーツはだめでしょう。
父：人を相手にする仕事も合わないだろう。
母：機械が好きなのよね。手先も器用だし。
父：だとすると。

太郎君にはどんな仕事に向いていると言っていますか。　（　正解　4　）

9番　女の人がセピアという植物の育て方を説明しています。四月、五月に必ずしなくてはいけないのはどれとどれですか。必ずしなくてはいけないことです。

え～、セピアは寒さを嫌いますから、三月頃までは部屋の中に置きますが、部屋の中でもカバーをかけるなど、注意が必要です。四月になって、暖かくなったら、外に出しましょう。その頃から二ヵ月ぐらいは毎日忘れずにたっぷり水をあげてください。ええ、それから、四月には花が咲きますが、花の終わった頃、植え換えをします。成長の速い植物ですから、これは毎年欠かさず行います。もし、植え換える時は一回り大きい鉢にしてください。もし、セピアを増やしたい場合は枝を切って、土に刺しておくだけで、簡単に根が出ます。

四月、五月に必ずしなくてはいけないのはどれとどれですか。　（　正解　2　）

10番　テレビ局のスタジオで男の人がお客さんに説明しています。お客さんはどの合図で拍手をしたらいいですか。

男の人：ええ、今日はお集りいただきまして、ありがとうございます。え～、番組が始まる前にいくつかお願いしておきたい事があるんですが、まず、拍手のタイミングですね。私がこのようにしたら、手を叩いていただきたいんです。こうして、右手を横に伸ばした時ですよ。いいですか。で、こうして手のひらを皆さんのほうに向けたら、拍手を止めてください。

どの合図で拍手をしたらいいですか。　（　正解　4　）

1番　地図を見てください。ヤンさんは今駅前にいます。郵便局の場所はどこでしょう。

ヤ　ン：すみません。郵便局は…。
女の人：あっ、郵便局ですか。郵便局はこの駅前の道を真っ直ぐ行ってください。そうすると、川にぶつかりますから。
ヤ　ン：はい。
女の人：ええと、川の向こうだったかしら、こっち側だったかしら。あっ、そうそう、やっぱり橋を渡らずにその手前の道を右に曲がってください。
ヤ　ン：ええ。
女の人：そのまま、ちょっと行ったら、右側にあります。
ヤ　ン：あ、どうも。

郵便局の場所はどこでしょう。　（　正解　4　）

2番　友達は具合が悪くて、明日のハイキングにはいけないという話です。この友達はどこが痛いのでしょう。

A：もしもし。
B：あ、私。昨日、ちょっと転んじゃってね。ネンザしちゃったの。
A：え？転んだの？そう。
B：ついてないんだ。それでね、ちょっと歩くと痛くて、痛くて。
A：かわいそうに。
B：で、明日のハイキング、悪いけど、私、行けなくなっちゃったの。
A：そうか。残念だなあ。

この友達はどこが痛いのでしょう。　　　　　　　　　　　（　正解　3　）

3番　研究会の準備をしています。司会の席はどこですか。

女の人：ああ、午後の研究会だけど、準備はできてる？
男の人：ええ、一応もうやってはあるんですが、誰がどこに座ることになっているのか、よく分からなくて。司会はやっぱりドアのそばでしょうか。
女の人：ええ？ドアに一番近いのはあなたの席でしょう。司会は会の進行がしやすいように、出席者の顔がよく見える位置じゃない。
男の人：じゃあ、黒板の前ですか。
女の人：黒板の前は発表者でしょう。その反対側。
男の人：はい。じゃあ、名札はそういうふうに並べて来ます。

司会はどの席に座りますか。　　　　　　　　　　　　　　（　正解　4　）

4番　男の人がレポートの書き方を説明しています。正しく書いてあるレポートはどれですか。

男の人：え～、皆さんに提出していただくレポートのことなんですが、1ページ目に必ず日付、タイトル、名前を書いてください。まず、一番上の行ですが、日付を右に寄せて書いてください。次の行はタイトルですが、こちらは中央に書いてください。その下に名前をお願いします。名前は左に寄せて書いてください。
女の人：日付は右、タイトルは真ん中、名前も右ですね。
男の人：いいえ、名前は左ですよ。
女の人：はい。
男の人：いいですか。それから、一行あけて本文に入ってください。
女の人：あ、分かりました。

正しく書いてあるレポートはどれですか。　　　　　　　　（　正解　1　）

5番　男の人が車を止める場所を店の人に聞いています。車はどこに止めますか。

男の人：あの、車、どこに止めればいいですか。
女の人：はい、入って右の奥の二つが当店の専用駐車場になっております。

男の人：右の奥の二つですね。
女の人：はい、で、もし、そちらがいっぱいでしたら、真ん中の列が共用の駐車場になっておりますので、そちらにお願いします。
男の人：分かりました。どうも。

男の人は駐車場に来ました。車はどこに止めますか。　（　正解　2　）

1 番　男の人と女の人が友達の誕生日に花瓶をプレゼントしようと思って、店で花瓶を見ていますが、どの花瓶を選びましたか。

男の人：随分いろいろな花瓶があるもんだね。
女の人：この細長くて首がないのがいいかな、シンプルで。
男の人：うん、それもいいけど。シンプルって言うんなら、上の方が広くなっているの。これ、よくない？
女の人：それだとね、お花をいっぱい買わなきゃならないから、大変よ。
男の人：そうかなあ、じゃあ、こっちの口が小さくて丸いやつは？
女の人：そうねえ、でも、やっぱり最初の細いのにするわ。
男の人：そうだなあ。
女の人：じゃ、これお願いします。

この二人はどの花瓶を選びましたか。　（　正解　2　）

2 番　大島さんはどの人でしょうか。

大島：もしもし、ああ、田中さんでいらっしゃいますか。
田中：はい。
大島：私、大島です。先日のご注文の物を届けに参りまして、正面入口のロビーに来ておりますが。
田中：あ、どうもわざわざすみません。すぐ下に参りますが、あのう…。
大島：え～と、私、黒のセーターで、大きなバックを下げて、来ております。
田中：あ、分かりました。では、少々お待ちください。
大島：はい。

大島さんはどの人でしょうか。　（　正解　2　）

3 番　女の人がデパートで買い物をしています。どのバッグを買いますか。

男の人：いらっしゃいませ。バックをお探しですか。
女の人：ええ。
男の人：こちらは、この冬の新作でございまして。
女の人：へえ～、でも、紐が鎖になっているのは、ちょっとねえ。
男の人：では、これなど、如何でしょう。止め金ではなくて、皮の紐で口を締めるタイプ。活動的で素敵ですよ。
女の人：そうねえ。でも、かぶせて締めるのより、出し入れが面倒じゃない？あっ、これにしようかしら。無地ですっきりしてるし、形も四角くて使いやすそうだし。
男の人：はい、ありがとうございます。

女の人はどのバックを買いますか。　　　　　　　　　　（　正解　1　）

4番　旅館のフロントです。この人たちはどの部屋に泊まりますか。

男の人：今晩、泊まれます？
女の人：はい、お二人様ですか。
男の人：そう。
女の人：お部屋から海が見えるのと山が見えるのと、どちらがよろしいでしょうか。
男の人：海の方がいいなあ。
女の人：そういたしますと、洋室になりますが。
男の人：ええ、ベット？畳の方がいいんだけど。
女の人：申しわけありません。あいにく、畳の部屋は塞がっておりまして、山側でしたら、ございますが。
男の人：じゃあ、畳じゃなくてもいいや。　　　　　　　（　正解　1　）

この人たちはどの部屋に泊まりますか。

5番　2人はデパートで買い物をしています。女の人はどのシャツをいいと言っていますか。

女の人：ねえ、あのシャツ、いいと思わない？
男の人：え？どれ？
女の人：あの縦縞の、長袖の。
男の人：あれ？あの襟だけが白くて、縞のやつ？
女の人：ああいう襟の、流行ってるのよ。
男の人：え～、そう？随分派手だなあ。
女の人：あら、たまには少し派手なのを着た方がいいわよ。デザインだって、チェックのよりずっとセンスがいいと思うわ。それに縦の線って、すら～と見えるのよ。
男の人：そうかなあ。

女の人はどのシャツをいいと言っていますか。　　　　　（　正解　3　）

6番　男の人が友達にあげる花を買いに来ました。男の人はどの花を買いましたか。

女の人：いらっしゃいませ。
男の人：あのう、プレゼントなんだけど。
女の人：切り花でしたら、こちらの花なんか明るくていいと思いますけど。
男の人：う～ん、あっ、そうだ。もしかしたら、花瓶なんかないかもしれないなあ。鉢植えの方がいいかなあ。
女の人：そうですねえ。土があった方が長く持ちますから、よろしいんじゃないですか。
男の人：じゃあ、そうしよう。え～と、あっ、これがいいや。まだ、蕾もあるし。
女の人：こちらの蕾だけの方がよろしいと思いますが。これも明日には咲き始めますから。
男の人：あ、そう。じゃあ、それください。

男の人はどの花を買いましたか。　　　　　　　　　　　（　正解　3　）

１番　女の人が航空券を予約しようとしています。女の人は何時の飛行機を予約しましたか。

女の人：あのう、すみません。次の日曜日の金沢行の予約をしたいんですが。朝九時四十分発の１６便か、十一時ちょうどの１８便がいいんですけど。
男の人：はい。すみません。両方とも満席です。この日は込んでますねえ。午後一時の便も満席ですね。
女の人：そうですか。朝一番の便は？
男の人：午前七時五十分ですが、あ、これは空いてます。
女の人：う～ん、じゃあ、仕方がないから、それ、お願いします。

女の人は何時の飛行機を予約しましたか。　（　正解　１　）

２番　リーさんが郵便局に来ました。どの切手を買うつもりでしょう。

リー　　：すみません。郵便代が上がったそうですね。
郵便局員：はい。
リー　　：あのう、古い４０円の葉書があるんですけど、もう使えないんですか。
郵便局員：いえ、１円切手を貼れば、使えますよ。
リー　　：あっ、そう。よかった。それから、手紙はいくらになったんですか。
郵便局員：６２円です。
リー　　：まだ６０円の切手も１０枚ぐらい持っているんですけど。
郵便局員：じゃあ、あと２円貼ったらいいですよ。
リー　　：あっそう。１円切手２枚でもいいんですね。
郵便局員：ええ、もちろん。
リー　　：じゃあ、どっちにでも使えるように…。　（　正解　１　）

リーさんはどの切手を買いますか。

１番　男の人と女の人がグラフを見ながら、話しています。調査に行くのはいつ頃がいいですか。

男の人：調査の日程だけど、何月にしようか。
女の人：ちょっと、これ見て、このグラフ。上の線が気温で、下が降水量。
男の人：雨が降ると、調査ができないから、雨の少ない時がいいね。
女の人：でも、寒い時は大変だよねえ。
男の人：かと言って、暑いのも嫌いだろう。
女の人：そうねえ。じゃあ、雨があまり多くなくって、暑くも寒くもないというような…。

調査に行くのはいつ頃がいいですか。　（　正解　２　）

２番　タムさんの国のグラフはどれですか。

女の人：タムさん、あなたの国は日本にどんな物を輸出しているんですか。
タ　ム：はい。最近は魚や海老などの魚介類の輸出は随分増えて、３０％ぐらいになったそうですが、あいかわらず、一番多いのはバナナで、輸出総額の半分以上を占めているらしいです。あとは木材とか、穀物ってとこですね。

タムさんの国のグラフはどれですか。 （ 正解 １ ）

３番 男の人はグラフのどの部分を見てほしいと言っていますか。

え～と、このグラフはＡ社とＢ社の自動車の生産台数、つまり、どのぐらい自動車を作ってきたかを示すグラフなんですが、その中で、ええと、Ａ社のほうを見てください。８０年度から８５年にかけて、一度大変低くなっていますが、それから、伸びてＢ社の生産台数に近づいた年です。そこです。その部分を見てほしいですが、分かりますか。この時期、なぜこのような変化が起きた…。

男の人はグラフのどの部分を見てほしいと言っていますか。 （ 正解 ４ ）

４番 野菜市場の人がグラフを見ながら、話しています。二人が見ている先月のほうれんそうの値段のグラフはどれですか。

Ａ：やっぱり、ほうれんそうの値段は天気に敏感ですね。
Ｂ：う～ん、いつもなら、ダラダラ値が下がるのにねえ。
Ａ：ええ、月初めに寒い日が続いたのがきいて、月の中頃、急に値が上がりましたね。
Ｂ：あんなに気温が下がっちゃ、ほうれんそうはだめだよ。
Ａ：でも、暖かくなったら、すぐ元に戻りましたね。一時はこのまま行くのかと思いましたけど。

先月のほうれんそうの値段のグラフはどれですか。 （ 正解 ２ ）

５番 自動車会社の業績のグラフです。Ａ社の業績を表している線はどれですか。

まずＡ社なんですがねえ。この会社は長期的視野に立った実にうまい経営をしていて、それが８０年代半ばから見事に現れてきました。もともと業界ナンバーワンだったんですが、７５年頃から、業績が落ち込んでいたんです。でも、これは工場の海外移転など先を見越した投資のせいなんです。え、それで、８５年頃から、その投資が効いて業績が上向き始め、え、その後、再び業界一位に返り咲いたんです。

Ａ社の業績を表している線はどれですか。 （ 正解 １ ）

１、２級　問題Ⅱ、Ⅲ

（いつ、時間）に関する問題

１番　女の人が市場で買い物をしています。「メバダイ」という魚が一番おいしいのは何月ですか。

男の人：いらっしゃい。
女の人：あ、おじさん。この魚、何て言うの？
男の人：ああ、それかい。「メバダイ」。
女の人：ふう～ん。「メバダイ」。おいしい？
男の人：うん。１０月、１１月もまあまあうまいけど、こういう魚はもっと寒くなって脂がのってからの方がいいね。
女の人：じゃあ、１月頃がいいんだ。
男の人：いや、やっぱり２月が旬だね。２月に鍋物に入れて一杯やるのが最高だよ。
女の人：ふう～ん。

「メバダイ」という魚が一番おいしいのは何月ですか。

１、１０月です。
２、１１月です。
３、１月です。
４、２月です。　　　　　　（正解　４）

２番　三人の人が会う日を相談しています。三人はいつ会うことができますか。

男のＡ：じゃ、来週会うことにしょうよ。いつにする？僕は土、日以外だったら、いつでもいいけど。
女の人：私も週末はちょっとね。あと、火曜と水曜はちょっとだめなのよ。
男のＢ：僕は月曜から水曜までがバイトでだめなんだ。他の日だったら、何とかなるけど。
男のＡ：皆忙しいだなあ。だとすると・・・。

三人はいつ会うことができますか。

１、火曜日です。
２、水曜日です。
３、木曜日です。
４、金曜日です。　　　　　　（正解　3）

（場所、位置）に関する問題

１番　高校で学生達が進学の相談をします。第一希望が私立大学の男の学生はどこで待てばいいですか。私立大学の男子です。

男の人：ええ、それでは、進学相談を行いますが、名前を呼ばれるまで、これから言う教室で待っていてください。第一希望が国立大学の人は男子は二階の２１０番教室女子は２００番教室です。私立大学を希望している人は・・。こら、静かにしなさい。ええ、男も女も１２０番教室と伝えておきましたが、今年は人数が多いので、変更になりました。男子はそのまま、１２０番教室ですが、女子は１１０番教室で待っていてください。いいですね。

第一希望が私立大学の男の学生はどこで待てばいいですか。

1、110番教室です。
2、120番教室です。
3、210番教室です。
4、220番教室です。　　　　　　　（正解　2）

2番　女の人の家の中は雨で濡れてしまいました。女の人は雨水がどこから入ったかと思っていますか。

男の人：昨日はすごい雨だったね。
女の人：そうね。うちなんか、雨が漏って、家の中がびしょびしょになって、大変だったのよ。
男の人：へえ。窓かなんか壊れてたの？
女の人：ううん、そうじゃなくて、屋根に問題があるみたいなのよ。壁も床も濡れちゃったの。
男の人：でも、壁が濡れたんだったら、やっぱり窓じゃない？
女の人：うん、でもね、天井の方も濡れてたから、窓じゃないと思うわ。

女の人は雨水がどこから入ったかと思っていますか。

1、屋根です。
2、壁です。
3、床です。
4、窓です。　　　　　　　（正解　1）

（いくら、いくつ、数量）に関する問題

1番　女の人が図書館で本を借ります。女の人は何冊まで、何週間借りることができますか。

女の人：あのう、本を借りたいんですが。
男の人：初めてですね。じゃ、ここに住所とお名前を書いてください。
女の人：はい。
男の人：一度に10冊で、二週間借りられます。
女の人：そうですか。10冊で・・。
男の人：二週間です。じゃあ、すみません、その紙を。
女の人：はい。
男の人：あれ？この町にお住まいではないんですね。
女の人：ええ。
男の人：お勤めは？
女の人：勤めも違うんですが。
男の人：あ、それだと、すみませんが、3冊までなんです。ただ三週間まで借りられます。

女の人は何冊まで、何週間借りることができますか。

１、３冊、二週間です。
２、３冊、三週間です。
３、１０冊、二週間です。
４、１０冊、三週間です。　　　　　　　　（正解　２）

２番　女子学生がアルバイトの面接に来ました。一週間にどのくらい働くことになりましたか。

男の人：で、働いていただく時間のことなんですけど、週二回、３時間ずつでお願いできますか。
女の人：あのう、できましたら、週一回にしていただけませんでしょうか。ちょっと、今勉強が忙しくて・・。
男の人：週一回ですか。そうすると、その日は１０時から６時までっていうことになりますけどね。
女の人：じゃあ、ちょっときついですね。
男の人：いや、こちらとしても、週二回の方が助かるんだけど。
女の人：わかりました。じゃ、何とかやってみます。

女子学生は一週間にどのくらい働くことになりましたか。

１、週一回３時間です。
２、週二回３時間ずつです。
３、週一回１０時から６時までです。
４、週二回１０時から６時までです。　　　　　（正解　２）

３番　男の人はスポーツクラブに入るつもりです。入会金と会費を合わせて、いくら払いますか。

男の人：あのう、入会金は今だと、半額だって聞いてきたけど。
女の人：はい、さようでございます。入会金は１０万円ですが、現在特別期間ですので、半額になっております。
男の人：あと、毎月の会費は？
女の人：はい、毎月一万円ですが、一年分まとめですと、二ヵ月分お安くなりますが・・。
男の人：あ、そう。じゃ、１０ヵ月分でいいの？じゃ、一年分まとめで。

男の人は全部でいくら払いますか。

１、１５万円です。
２、１７万円です。
３、２０万円です。
４、２２万円です。　　　　　（正解　１）

（どうする、動作）に関する問題

１番　男の人が病院に電話をかけています。男の人はいつ、どうしますか。

女の人：はい、もしもし、山田病院です。

男の人：あのう、ちょっと、テニスをしていて、肩を痛めたので、診ていただきたいんですが。診療時間は？
女の人：８時から１１時です。
男の人：あのう、午後はやっていないんですか。
女の人：はい。午前中にいらしてください。
男の人：僕、朝はバイトでだめなんですが。
女の人：午後は、先生が大学病院の方へ行っていますので、アルバイトは休めませんか。
男の人：ええ。あのう、今日はちょっと休めないんですが。わかりました。明日、伺いますので、よろしく。
女の人：はい。

男の人はいつ、どうしますか。

１、今日の午後、山田病院へ行きます。
２、今日の午後、大学病院へ行きます。
３、明日の午前、山田病院へ行きます。
４、明日の午前、大学病院へ行きます。　（正解　3）

2番　二人の学生が話しています。今度の水曜日二人はどうするつもりですか。

女の人：今度の水曜日、２時から就職の説明会だって。
男の人：ええ？ゼミの論文発表と重なってるの？
女の人：う〜ん、困っちゃった。論文の発表会、試験と同じだからやっぱり出ないとね。私たち、就職説明会には出られないわ。
男の人：でも、就職の方だって、大切だよ。聞いといた方がいいよ。
女の人：うん、そうよね。
男の人：じゃあ、説明会に出ておいて、自分の発表の時だけ発表会に。
女の人：そんなことして、大丈夫かな。
男の人：大丈夫だよ。発表はしないわけじゃないんだから。
女の人：そうよね。じゃあ、そうしよう。

今度の水曜日二人はどうするつもりですか。

１、論文の発表会だけに出ます。
２、就職の説明会だけに出ます。
３、論文の発表会にも就職の説明会にも出ます。
４、論文の発表会にも就職の説明会にも出ません。　（正解　3）

（誰、何）に関する問題

1番　男の人が女の人と電話で話しています。女の人の部屋には誰が来ていますか。

男の人：あ、もしもし。僕だけど、元気？
女の人：あ、どうも、こんばんは。
男の人：ねえ、明日なんだけど、うちの兄貴が車貸してくれるっていうから、足の方は大丈夫だよ。
女の人：あ、そうですか。それはよかったですね。

男の人：あれ、何？その話し方。誰か来てるの？
女の人：ええ、まあ。
男の人：友達？
女の人：いえ、いえ。違いますよ。田舎から・・。
男の人：お父さん？お母さん？
女の人：いえ、あのう、高校の時にお世話になった・・・。
男の人：へえ～、先生が来てるのか。
女の人：ええ。
男の人：随分緊張してるみたいじゃない。
女の人：はい。

女の人の部屋には誰が来ていますか。

1、お兄さんです。
2、ご両親です。
3、友達です。
4、先生です。　　　　　　　（正解　4）

2番　二人の人が話しています。押し売りというのはどんな人のことですか。

女の人：最近、押し売りが多くて困ってるのよ。とにかく厚かましくて本当に困っちゃうわよ。
男の人：押し売りって何ですか。
女の人：人の家に来て、物を売りつける人よ。強引に。
男の人：へえ～。
女の人：始めはちょっと怖い気もして安い物を買ったんだけどね。その後、何度も来るのよ。
男の人：来ても出て行かなければいいじゃないですか。
女の人：そう。留守の振りもしてみたんだけど、でもしつこく玄関のベル鳴らすのよ。
男の人：はあ、困りますね。
女の人：だから、こっちも負けずに、「何も要りませんよ。うちは貧乏なんだから」って言うんですよ。最近は。
男の人：そうですか。

押し売りというのはどんな人のことですか。

1、人の家に来て無理に物を買わせる人です。
2、留守の家に入って、物を盗むひとです。
3、お金がないので、安い物しか買わない人です。
4、玄関のベルを押して、いたずらをする人です。　　　　（正解　1）

3番　会社の社長が講演をしています。「プロアシン」という製品の原料は何ですか。

社長：この会社の発展の基礎となったのは、高品質のプロアシン開発にあったわけですが、プロアシンの原料捜しには大変苦労したんですよ。始めは当時、最先端の研究をしていたアメリカの薬品を使っていたんですが。どうもうまくいかない。次にドイツの会社の薬でやってみたんですが、純度が低くて、これも思うような効果が上がらない。その後もいろんな物を試したんですが、中国から研究に来ていた人のアイデアで、この薬品と似た成分が竹に含まれているから使ってみよう。特に日本の竹がいいということで、実験したんですが、これが意外にも成功だったんですね。

「プロアシン」という製品の原料は何ですか。

1、中国の竹です。
2、日本の竹です。
3、アメリカの薬品です。
4、ドイツの薬品です。　　　　　　　　　（正解　2）

4番　学生がパーティについて話し合っています。何を最初に決めることになりましたか。

男のA：ええ、では、秋の国際交流パーティについて、相談したいと思っています。まず、日程ですが、いつごろがいいでしょう。
女の人：あのう、日程よりどこで、何をするかを決めるのが先決じゃないかしら。
男のB：それより、参加者でしょう。どういう人が集まるかによっても、内容も変わってくるじゃない。？
男のA：うん、それもそうですね。予算の問題とも関係してくることだし。じゃ、まず、それから決めることにしましょう。

何を最初に決めることになりましたか。

1、日程です。
2、場所です。
3、参加者です。
4、予算です。　　　　　　　（正解　3）

（どうして、なぜ、理由）に関する問題

1番　男の人はなぜアルバイトを断ったのですか。

女の人：ねえ、マイクさん、私の友達が息子さんの英会話の先生を捜してるんだけど、興味あります？
男の人：英会話ですか。僕、週一回ぐらいならやりたいなあ。でも、先生の免許がないとだめでしょうか。
女の人：いえ、その息子さん、今度、留学するんで、まず、日常会話の勉強から始めたいらしいの。
男の人：僕も留学生だし、日本語を勉強した時の経験から教える自信はちょっとあるんだけど。
女の人：でも、週二回やってほしいんだって。週一回じゃ、ちょっとねえ。なんとかならないかしら。
男の人：でも、大学の実験やクラブも忙しいし、二回はねえ。残念だけど、今回は・・。

男の人はなぜアルバイトを断ったのですか。

1、教えた経験がないからです。
2、興味がないからです。

3、先生の免許がないからです。
4、時間がないからです。　　　　　　　（正解　4）

2番　男の人と女の人がサッカーについて、話しています。女の人がサッカーを見に行く一番の理由は何ですか。

男の人：最近、サッカーがすごいブームですね。
女の人：ええ、私もよく行くんですよ。
男の人：え？そうなんですか。
女の人：いいですよ。入場料はけっこう高いんですけどね。
男の人：はあ、で、どんなところがおもしろいんですか。
女の人：そうですね。ゲームそのものももちろんおもしろいんですけど。
男の人：はあ。
女の人：何と言っても、あの雰囲気ですね。一番魅力的なのは。
男の人：はあ。
女の人：熱狂的なんですよ。周りの人が。
男の人：ふ〜ん。
女の人：下手くそ！ひっこめ！とかね。普段言えないようなことをですね。
男の人：大声で叫ぶ。
女の人：ええ、熱くなって、私もつられて叫んでしまうんです。嫌な事は忘れるし、仕事のストレスなんか吹っ飛んじゃいますよ。
男の人：なるほどねえ。

女の人がサッカーを見に行く一番の理由は何ですか。

1、入場料が安いからです。
2、試合がおもしろいからです。
3、気分転換になるからです。
4、流行っているからです。　　　　　　　（正解　3）

［掌握考題］

1．2級　問題Ⅰ

動作順序

1番　ヤンさんが女の人に電車の乗り方を教えてもらっています。ヤンさんはこれからどんな順番で何をしますか。

女の人：ヤンさん、電車の乗り方、知ってる？
ヤ　ン：いいえ、今日が初めてですから。
女の人：切符の自動販売機の上に料金表があるでしょう。
ヤ　ン：あの大きいやつですか。
女の人：そう。全部の駅名が書いてあるから、その中から、自分が行く目的地を捜すの。見付かったら、その下にここからそこまでの料金が書いてるから。
ヤ　ン：ええと、京橋は…。あっ、あった。２３０円ですね。
女の人：そしたら、そこの販売機にお金を入れて、２３０のボタンを押すの。おつりもちゃと出るから。切符を買ったら、向こうの入口に行って、自動改札の手前のほうに投入口があるから、そこに切符を入れて。
ヤ　ン：こうですか。わあ、便利ですね。
女の人：前の所から切符が出るから取り忘れないようにね。その後は行き先へ向かう電車が入って来るホームへ行けばいいの。
ヤ　ン：京橋は二番ホームですね。

ヤンさんはこれからどんな順番で何をしますか。

2番　男の人が医者に話をしています。男の人は昨日どんな順番で何を食べたと言っていますか。

今朝起きたら、お腹が痛くて…。食欲もないんです。え？昨日食べた物ですか。７時頃仕事が終わって、家に帰る途中トンカツを食べました。家に帰　ってから、風呂に入った後、ビールを飲んで、焼き鳥を少し食べました。あっ、そう言えば、５時頃会社でお腹が空いたので、オムライスを食べました。大事な仕事をしていたので、すっかり忘れていましたよ。そして、１２時頃寝ようと思ったんですが、なかなか眠れなくて、ラーメンを食べました。それで、全部ですけど…。え？食べ過ぎですか。ああ、そうですか。以後、注意します。

男の人は昨日どんな順番で何を食べたと言っていますか。

3番　お母さんが娘にホットケーキの作り方を教えています。どの順番で作りますか。

スーパーで買って来た、この粉と牛乳と卵を入れるの。この時にサラダ油も少し入れると、ケーキがよく膨れるわよ。そして、これを泡立て器でよく混ぜて。しっかり混ぜてね。その間にフライパンを温めて油をひいておくから。ああ、もうそれぐらいでいいわ。これをフライパンに流して、弱火で５～６分かしら、こげ目がついたら裏返して、こちらもこげ目がつくまで焼くの。後はお皿に移してバターとハチミツを上に塗ったら、出来上がり。簡単でしょう。

どの順番で作りますか。

4番　女の人がチョウさんに仕事を頼んでいます。言われた通りの順番はどれですか。

女の人：チョウさん、これ、大阪支社の山本課長にファックスしてください。それから、その後、無くさないように必ずファイルに保存しておいてください。
チョウ：はい、分かりました。
女の人：それから、送った後、確認の電話を必ず入れるように。あ、それ、字が小さくて見づらいから、拡大コピーしたほうがいいと思いますよ。
チョウ：はい、そうします。

言われた通りの順番はどれですか。

5番　男の人と女の人が明日の事について電話で話しています。二人の明日の予定の順番はどれですか。

女の人：もしもし、田中さん？山田です。明日の事だけど…。十一時だったわね。
男の人：そう。十一時に駅前で。映画は一時からだから。その前に軽くハンバーガーでも食べようよ。映画の途中で、お腹が空いたら困るから。
女の人：そうね。それから、映画を見たら、喫茶店へ行かない？紅茶のおいしい店、知ってるんだ。
男の人：それより、ボーリングをしようよ。映画館の近くに新しくできたボーリング場があるんだ。喫茶店はその後。ボーリングをやったら、喉も乾くしね。
女の人：そうしましょうか。それじゃあ、明日。

明日の予定の順番はどれですか。

6番　大学時代の友人が十年ぶりに再会しました。男の人は大学を卒業してから、どんな仕事や勉強をしてきましたか。

男の人：十年ぶりかあ。久しぶりだなあ。
女の人：ほんと久しぶりねえ。今、何しているの？
男の人：二年前に自分で会社を作って、貿易関係の仕事をしてるんだ。
女の人：へえ、自分で会社？それまでどうしてたの？
男の人：大学を卒業してから二年間アメリカに留学してたんだ。帰国してから、太陽商事に就職して、五年間貿易業務の仕事をしてたんだけど、自分で会社を作ってみたくなって…。君のほうは？
女の人：私は結婚して、今はもう子供が二人。
男の人：へえ、専業主婦かあ。幸せそうだね。

男の人は大学を卒業してから、どんな仕事や勉強をしてきましたか。

7番　女の人がある体操の説明をしています。この体操はどんな順序でやりますか。

はい、では、まず両腕を真っ直ぐ上へ伸ばしてください。横じゃありませんよ。上です。そして、そのまま腕を曲げないで、円をかくようにしてゆっくり下ろします。はい、今度は両腕を肩の高さで真横に伸ばして、腰を回してください。その時、腕が下がらないように。次は両手を腰に当てて、また、腰を回します。でも、今度はひねるんじゃなくて、地面に円をかくようにして回してください。はい、いいですよ。どうですか。すっきりしましたか。

この体操はどんな順序でやりますか。

8番　木村さん夫婦がデパートへ買い物に来ました。二人はどの順序で買いますか。

女の人：今日は私、ワンピースが欲しいの。あなたのシャツも買わなきゃね。あなた、毎日同じの着てるんだから。ええと、婦人服売場は…二階だわ。
男の人：おい、ちょっと、待てよ。　お前が服を見たら遅くなるから、一番最後だ。
女の人：いいわよ。じゃあ、先にあなたのシャツを買う？
男の人：男物の服は四階か。それよりＣＤプレイヤーが欲しいんだ。それにタカシの絵本も要るだろ。
女の人：ＣＤプレイヤー？そんなの聞いてないわよ。
男の人：いいだろ。せっかくここまで来たんだから。
女の人：しょうがないわねえ。ええと、電気製品は八階で、書籍は六階。どっちから見に行く？
男の人：八階から行こうよ。先にエレベーターで八階まで上がって、それから、だんだんと降りて来たほうがはやいだろう。
女の人：そうねえ。そうしましょうか。

二人はどの順序で買いますか。

9番　男の人と女の人が話しています。男の人がこれから行く順番はどれですか。

女の人：コンサートまで、まだ随分時間があるわね。これからどうする？
男の人：そうだな。とりあえず、喫茶店に入って、コーヒーでも飲みながら、考えようか。
女の人：それより、私、買いたい物があるの。コンサートが終わってからじゃデパート閉まっちゃうし…。
男の人：じゃ、先にデパートへ行こうか。あっ、いけねえ。レポート出すの忘れてた。走って学校に戻ってこれ出して来るから。それまで、そこの喫茶店で待っててよ。その後、買い物に付き合うから。
女の人：本当に忘れっぽいんだから。早く戻って来てね。
男の人：分かった。分かった。

男の人がこれから行く順番はどれですか。

10番　女の人と男の人が行きたい場所について話しています。男の人が行きたい順番はどれですか。

女の人：ねえ、一ヵ月自由な時間があったら、どこへ行きたい？
男の人：そうだなあ。東京は人が多くてもううんざりだから、人の少ない北海道へ行ってみたいよ。いいだろうなあ。札幌。
女の人：京都はどう？古いお寺なんかが沢山あって、毎年大勢の人が訪ねるそうよ。高いビルがあまりなくて、昔ながらの古い町並みがそのまま残ってる所もあるし、…。私は京都へ行きたいなあ。
男の人：京都ねえ。東京よりはましってとこかなあ。
女の人：どうして？
男の人：京都へは何度も行ったことがあるけど、観光客が多くて、嫌なんだよ。それよりはおばさんがいる九州へ行きたいよ。
女の人：へえ、九州におばさんがいるの？
男の人：うん、僕が小さかった頃はよく遊んでもらってたんだけど、五年程前に長崎に引っ越しちゃったんだ。
女の人：ふ～ん、そうなの。

男の人が行きたい順番はどれですか。

11番　男の人が女の人に、この前行った旅行のことについて話しています。男の人は大阪からどんな順番で移動しましたか。

女の人：この前の旅行、どうだった？
男の人：もう大変だったよ。期間が短かったから、ハードスケジュールで。
女の人：船で行ったんでしょう。
男の人：そう。それが失敗だったんだけど。日曜日の朝、大阪を出て、上海に着いたのは火曜日の朝。次の日、蘇州へ行って、木曜日は杭州。杭州では二、三日景色を見たかったんだけど、土曜日の朝には日本へ帰る船が出るから、金曜日の内に上海に帰ってなきゃいけなかったんだ。
女の人：そう。それで、大阪に帰って来たのは月曜日？
男の人；それが、その船は神戸に着いたんで、ついでにおばさんの所へ寄って来たんだ。その日はそこに泊めてもらったから、大阪へ帰って来たのは火曜日。
女の人：まあ、お疲れ様。

男の人は大阪からどんな順番で移動しましたか。

動　作

12番　中国人のリンさんが友達に清水寺までの行き方を聞いています。目的地までどうやって行くことにしましたか。

リ　ン：明日の日曜日、清水寺へ行きたいんだけど、どうやって行けばいいの？
女の人：大阪駅から環状線で京橋へ出て、そこで京阪電車に乗り換えて京都五条まで。五条駅から歩いて２０分ぐらいかなあ。
リ　ン：歩いて２０分？
女の人：歩くのが嫌だったら、タクシーも出てるわよ。でも、ゆっくり京都の町を歩いたほうがいいと思うけど。
リ　ン：そうだな。タクシーは高くつくし。でも、電車を乗り換えなきゃいけないの？
女の人：乗り換えが面倒なら、大阪からＪＲで直接京都へ行って、そこからバスかタクシででも行けるけど。京都駅から清水寺まで結構離れてるわよ。それに五条駅には特急も止まるから、乗り換えの時間を入れても一時間ちょっとで行けるし…。

リ　ン：あっ、特急があるのか。じゃあ、京阪で行くことにするよ。

リンさんは目的地までどうやって行くことにしましたか。

13番　男の人と女の人が駅のホームで話しています。田中先生はどの人ですか。

男の人：あそこにいる人、田中先生だよ。
女の人：え？どの人？あの座って、新聞、読んでる人？
男の人：違うよ。ほら、立ってる人。
女の人：ああ、煙草を吸っている人なの？
男の人：いや、その向こうで帽子をかぶっている人。
女の人：ああ、あの人が田中先生なの。

田中先生はどの人ですか。

14番　二人は車でレストランへ行く途中です。二人はどの道を通ってレストランへ行きますか。

女の人：ねえ、ここからどう行けばいいの？
男の人：この道を真っ直ぐ行ったら、大通りに出るから、そこを右。
女の人：前の道、工事中よ。
男の人：あ、本当だ。じゃ、仕方がないから、そこを迂回して大通りへ出よう。
女の人：大通りへ出たら、右ね。
男の人：うん。右へ暫く行ったら、信号があるから、そこを今度は左へ。本当は真っ直ぐ行ったほうが近いんだけど、その道は一方通行でこちらからは入れないんだ。
女の人：その後は？
男の人：次の信号を右へ入れば、後はレストランまで一本道だよ。

二人はどの道を通ってレストランへ行きますか。

15番　男の人と女の人が公園で話しています。二人はどの老人について話していますか。

女の人：ねえ、あそこにいるの、田中さんところのおじいちゃんじゃない？
男の人：あ、ほんとだ。あの犬、田中さんところの犬？
女の人：そうだと思うわよ。毎日、おじいちゃんが散歩に連れて行ってるって言ってたもの。
男の人：それにしても、元気だね。おじいちゃん。背筋がピンと伸びてるし。
女の人：もう８２才だそうよ。
男の人：へえ、全然見えないな。髪の毛もふさふさしてるし、歩き方にも品があるよな。
女の人：白髪の紳士ってとこかしら。

二人はどの老人について話していますか。

16番　男の人は昨日、何をしましたか。

本当は友達と映画を見に行くつもりだったのですが、急に友達のほうに用事ができ、映画は来週行くことにしました。仕方がないから図書館へ本を借りに行こうと思ったら、昨日は休館だったし、本屋へ本を買いに行ったら、買いたかった本が売り切れで…。他に行く所がなかったから、家に帰って、テレビを見ていました。あまりおもしろい番組はやってなかったのですが…、本当はつまらない一日でした。

男の人は昨日何をしましたか。

17番　女の人がテレビを見ながら体操をしています。今、女の人はどんな格好をしていますか。

はい、まず足を少し開いて立ってください。あまり開き過ぎないように。そうですね。自分の肩幅ぐらいがちょうどいいです。そしてね手は腰に当てて、体をゆっくり前に倒します。あ、その時、膝を曲げないように注意してください。あまり無理をしないように。ゆっくり息を吐きながら、体を倒せるところまで倒して、もうこれ以上倒せないというところで止めます。はい、そのまま、その格好で３０秒我慢してください。

今、女の人はどんな格好をしていますか。

18番　男の人と女の人が喫茶店で話しています。中村さんはどの人ですか。

女の人：ねえ、あそこに座ってるの、中村さんじゃない？
男の人：どれ、どれ？違うよ。中村さんはもっと髪が長いだろう。あの人はショートじゃないか。
女の人：切っちゃったのよ。失恋でもしたんじゃないかしら。あんなに奇麗な髪だったのに。
男の人：でも、中村さんって、メガネかけてただろう？
女の人：コンタクトよ。学校ではメガネだけど、休みの日なんかはいつもコンタクトだそうよ。この前、街で会った時もそうだったもん。
男の人：そうかなあ。全然印象が違うけど。
女の人：絶対そうよ。ここのコーヒー代、かける？
男の人：いいよ。じゃあ、確かめて来てよ。
女の人：あ、私たちに気付いたみたいよ。こっち見て手を振ってるわ。
男の人：え？あ、本当だ。
女の人：ほらね。御馳走様。

中村さんはどの人ですか。

19番　男の人は今どんな仕事をしていますか。

僕が小さい頃にはいくつかの夢がありました。誰もが一度は見る夢です。まず最初は父に連れられて行った空港で初めて飛行機を見た時、将来はパイロットになりたいと思いました。そして、その次が野球選手です。これも父に初めてキャッチボールを教わり、日に日にうまくなる自分に陶酔し、将来はプロ野球選手になって、お金を沢山稼ぎ、両親を楽にさせてあげたいと思ったものです。しかし、両親は僕にしっかり勉強して、学校の先生になってほしかったらしいです。小さい頃の夢がそのまま現実になる人もいますが、そういうのはごく少数です。大抵の人は僕と同じように夢破れ、現実の世界へ引き戻されてしまうのです。僕は今、建築関係の仕事をしていますが、決してパイロットやプロ野球選手に負けない立派な仕事だと思っています。

男の人は今どんな仕事をしていますか。

位　置

1番　女の人の家はどこですか。

男の人：もしもし、鈴木です。
女の人：あ、鈴木さん、今どこ？
男の人：今、駅なんですがね。この前、書いてもらったお宅までの地図、家に忘れてきちゃったんです。それで、ここからどうやって行けばいいか、分からなくて…。
女の人：ええと、駅前に大通りがあるでしょ。銀行や本屋がある…。
男の人：ええ。
女の人：その道をまっすぐ行ったら、左側にガソリンスタンドがあるの。そこを左に折れて、ちょっと行くと、喫茶店があるから。その二軒先が私の家。分からないといけないから、玄関に出て待ってるわ。
男の人：どうもすみません。

女の人の家はどこですか。

2番　男の人と女の人が待ち合わせの場所について話しています。二人はどこで会うことになりましたか。

女の人：明日、どこで会う？
男の人：ソウダナ。「スワン」っていう喫茶店知ってる？
女の人：「スワン」？知らないわ。
男の人：駅前にパン屋があるだろう。あ、二軒あるんだけど、本屋と薬屋の間にあるほうのパン屋。
女の人：ああ、そこなら、前に一度、パンを買ったことがあるわ。
男の人：そこの二階が喫茶店になってるんだ。なかなかおいしいコーヒーを飲ませてくれるんで、そこで会うことにしようよ。
女の人：いいわ。じゃ、十時にそこの喫茶店で、遅れないでよ。

二人はどこで会うことにしましたか。

3番　日本語学科の研究室はどこですか。

男の人：すみません。日本語学科の研究室はどこですか。
女の人：そこの階段を上がって、左に行ってください。
男の人：はい。
女の人：そして、その廊下を真っ直ぐ行って、つきあたりが会議室ですから、日本語学科の研究室はその一つ手前です。
男の人：あ、そうですか。どうもありがとうございました。

日本語学科の研究室はどこですか。

4番　男の人と女の人が明日の待ち合わせ場所について話しています。二人は駅のどこで会うことにしましたか。

男の人：明日十時だったよね。どこで会う？
女の人：そうねえ。駅の改札はどう？そのほうが分かりやすいでしょう。
男の人：うん、でも、あの駅は改札がいくつかあったんじゃない？
女の人：ええ、田村君はどこから乗って来るの？
男の人：新宿からだけど。
女の人：だったら、新宿で電車に乗る時、一番後ろに乗って。そうしたら、電車を降りた時、ちょうど近くに階段があるから。その階段を上がって、左側の改札。その改札が一番デパートに近いのよ。
男の人：階段を上がって、左だね。分かった。

二人は駅のどこで会うことにしましたか。

5番　女の人が駅前で郵便局までの道順を聞いています。郵便局はどこですか。

女の人：すみません。郵便局へはどう行けばいいですか。
男の人：あ、郵便局なら、この駅前の道をまっすぐ北へ行けば、川につき当たります。川につき当たったら、左へ行ってください。
女の人：左ですね。
男の人：はい。左へ暫く歩くと橋がありますから、その橋を渡って川の向こう側をまた左へ、川にそって歩いてください。
女の人：はい。
男の人：すると、右側に郵便局がありますよ。
女の人：そうですか。どうもありがとうございました。

郵便局はどこですか。

6番　男の人が飛行機の入口でスチュワーデスに聞いています。男の人の席はどこですか。

スチュワーデス：いらっしゃいませ。お席はお分かりですか。
男の人：いや、１８－Ｇなんだけど、どこになるのかな。
スチュワーデス：はい。１６番からはこの入口より後ろ側の列になります。
男の人：ということは、ここから三列目のところだね。
スチュワーデス：はい。そして、入口側の窓際がＡで、ここから順番に向こうの窓側のＪまでとなっております。え～、お客様のお席はＧですので、あちらの通路をご利用になって、右側の一番通路側でございます。
男の人：右側の通路側だね。ありがとう。

男の人の席はどこですか。

7番　デパートで迷子のアナウンスが流れています。この子のお母さんはどこへ行けばいいですか。

毎度、ご来店下さいましてありがとうございます。お客様に迷子のお知らせをいたします。五階玩具売場で、「健太」君という三才の男の子をお預かりいたしました。「健太」君のお母さま、この放送をお聞きになりましたら、三階、総合案内所までお越しください。

この子のお母さんはどこへ行けばいいですか。

8番　女の人が男の人に日本語の教科書を取ってもらっています。教科書は本棚のどこにしまってありますか。

女の人：ねえ、そこの本棚にある日本語の教科書取ってくれる？今、手が離せないのよ。
男の人：本棚のどこ？
女の人：真ん中の段だったかしら。
男の人：これかい？
女の人：違う。違う。それと同じぐらいの厚さで確か右のほうにしまったと思うけど。
男の人：右のほう？それらしいのはないけどなあ。
女の人：おかしいわねえ。右端に辞書があったから、その近くにしまったのよ。
男の人：辞書は下の段だよ。
女の人：え？あ、ごめん。じゃあ、その辺を捜して。

女の人が取ってほしい教科書は本棚のどこにありますか。

9番　女の人が駐車場の入口で係員と話しています。女の人は車をどこに止めますか。

女の人：すみません。どこに止めたらいいですか。
係　員：空いてる所ならどこでもかまいませんよ。ここから近いのは右側の列にいくつか空いていますが…。
女の人：出る時はどこから出るんですか。
係　員：出口は左の奥になっています。
女の人：じゃ、出口付近で空いてる所はないかしら？
係　員：そうですね。あっ、今、あそこの車が出て行くところですから、あそこが一番出口に近いですよ。左の列の奥から二番目です。
女の人：あ、そう。じゃあ、そこに止めさせてもらうわ。

女の人は車をどこに止めますか。

10番　女の人がデパートに来ました。女の人は最初にどこへ行きますか。

女の人：すみません。テレビの売場はどこですか。
男の人：電気製品は六階になっておりますが、ただ今、八階催し会場にて電気祭りを開催いたしております。
女の人：あ、そうなの。行ってみようかしら。一番上ですね。
男の人：はい。
女の人：あっ、それから、先にお手洗いに行きたいんですが、そこにお手洗いありますか。
男の人：すみません。当デパートでは、お手洗いは奇数階だけとなっております。
女の人：奇数階？じゃあ、催し会場に一番近いところは…。

女の人は最初にどこへ行きますか。

11番　女の人がスーパーの入口で店員に聞いています。小麦粉はどこに置いてありますか。

女の人：あのう、小麦粉はどこにありますか。
店　員：小麦粉ですか。ええと、ここから入ったら、すぐ右側に野菜を置いてますよね。その向こうに漬け物が並べてあって、左側には果物があるんですが、その通路の突き当たりを左へ行って、二つ目の通路を入ってください。
女の人：はい。二つ目ですね。
店　員：そうすると、右側の陳列の真ん中あたりに置いてあると思いますよ。
女の人：右側の真ん中ですね。どうもありがとう。

小麦粉はどこに置いてありますか。

12番　女の人が絵を買いました。この絵はどこに飾りますか。

女の人：昨日、この絵を買ったんだけど、どう？
男の人：いいですね。風景画ですか。
女の人：そこの壁の中央に飾りたいんだけど、おかしいかしら？
男の人：いいと思いますよ。でも、あそこのカレンダーはどうするんですか。
女の人：カレンダーを下にずらせば大丈夫でしょう。
男の人：う～ん、それはちょっと…。いっそのこと、カレンダーを外しちゃえば、どうですか。
女の人：でも、あの壁にカレンダーがないと、不便なのよね。
男の人：それなら、カレンダーを左下に貼ればどうですか。
女の人：うん、それなら…。

ここの壁はどうなりましたか。

13番　ステーキハウスで従業員がアルバイトの女の子に説明しています。テーブルの上はどうなりましたか。

男の人：君が今日から新しく入ったアルバイトだね。
女の人：はい。よろしくお願いします。
男の人：じゃあ、早速だけど、これを各テーブルの上に並べてもらおうか。
女の人：はい。
男の人：ナイフは右側に、そして、スプーンとフォークは左側に並べてください。あっ、その小さいほうのフォークはサラダ用だから、上のほうに横にして置いてください。大きいほうのフォークは左の内側に。
女の人：こうですか。
男の人：うん、それでいいです。

テーブルの上はどうなりましたか。

14番　女の人が男の人に部屋の模様替えを手伝ってもらっています。女の人の部屋はどうなりましたか。

ええと、じゃあ、まず大きい物から動かしてもらおうかしら。ドアを入ったら、正面に大きな窓があるんだけど、その前に置いてあるベットを窓がある壁と平行して、右側の隅に移動してください。あ、頭が窓側になるように置いてください。それからね、本棚だけど、奥にタンスがあるから、その手前に置いてください。最後に机ね、机は本棚の近くに置きたかったんだけど、こっち側が随分空いてるから、そうね、ドアを入って、左側の壁に付けてもらおうかしら。あ、角じゃなくて、窓から少し離してください。はい、どうもありがとう。助かったわ。

女の人の部屋はどうなりましたか。

15番　テレビでおいしい店の紹介をしています。テレビで紹介しているのはどことどこの店ですか。

今日はＪＲ京橋駅周辺でおいしい魚料理を食べさせてくれる店を二つご紹介いたします。まず一軒目は屋台ですが、いつも行列ができるほど人気がある、鮪料理の店です。この店は駅を出て正面の道をまっすぐ行きます。すると、右側に焼肉屋がありますから、その手前の道を右に入り、ちょっと行ったら、パチンコ屋にそって店を出しているので、すぐに分かると思います。次に二軒目は鰯料理の店です。ここは駅を出てすぐに左へ行きます。そして、パン屋さんの角を右に曲がってください。喫茶店や本屋さんがある通りを真っ直ぐ行って、一つ目の筋を越えた右側に居酒屋がありますから、その隣がそうです。どちらの店も駅から近いですので、是非一度、おいしい魚料理を味わってみてください。

テレビで紹介しているのはどことどこの店ですか。

形　状

1番　男の人の部屋はどれですか。

男の人：これが僕のアパート。
女の人：へえ、割と奇麗なのね。どの部屋？
男の人：二階の一番奥の部屋。
女の人：え？誰かいるの？窓が開いてるわよ。
男の人：あ、今朝急いで出掛けたから、閉めるの忘れてた。
女の人：大丈夫なの？
男の人：大丈夫だよ。とられる物は何もないから。

男の人の部屋はどれですか。

2番　女の人はどの写真について話していますか。

これがこの前、友達と六人で旅行に行った時の写真です。前で私の隣に座っている髪の長い女の子が木村さんです。後ろで立っている、右端が加藤さんで、その隣にいる眼鏡をかけて結構ハンサムなのが加藤さんのボーイフレンドです。左端で立っていて、髪を真ん中で分けているのが田中君です。この写真は中村君が撮ってくれたので、彼はこの写真に映っていません。

女の人はどの写真について話していますか。

3番　女の人が捜しているのはどんな鞄ですか。

女の人：私の鞄、知らない？
男の人：どんな鞄？
女の人：黒い鞄。
男の人：そこにあるじゃないか。
女の人：これじゃないわよ。私が捜しているのは、紐が付いてい てショルダーになっているやつ。
男の人：じゃあ、知らないなあ。
女の人：おかしいわねえ。どこにしまったのかしら。

女の人が捜しているのはどんな鞄ですか。

4番　男の人と女の人がバイトの時間帯について話しています。女の人のバイトの時間帯はどうなっていますか。

男の人：バイトやってるんだって？
女の人：うん、レストランのウェートレス。
男の人：毎日？
女の人：いいえ、月、水、金は午後からで、土曜日は一日中。
男の人：へえ、土曜日もやってるの？僕なんて土、日は休みだけど。月曜から金曜まで毎日だよ。午前中だけだけど。

女の人のバイトの時間帯はどうなっていますか。

5番　デパートで迷子のアナウンスが流れています。迷子はどの子ですか。

毎度、ご来店下さいまして、誠にありがとうございます。ご来店のお客様に迷子のお知らせをいたします。五階玩具売場にて、白地に黒の水玉が入った半袖のブラウス、黒のスカートをお穿きになった、二歳ぐらいのお嬢さまをお預かりいたしております。お心当たりの方は二階サービス・カウンター、または、近くの販売員までご連絡ください。

迷子はどの子ですか。

6番　男の人と女の人がデパートへ買い物に来ました。女の人が買うのはどの服ですか。

女の人：ねえ、このブラウス、どう？
男の人：ええ、また白いの？この前、買っただろう。
女の人：あれは長袖でしょう？もう夏なんだから、長袖は暑くて…。
男の人：それにしても…。
女の人：いいのよ。こんなのが好きなんだから。
男の人：それより、こっちのチェックのスカートなんかはどう？
女の人：え？そうねえ。それもいいわねえ。でも、それはこの次にするわ。今日はシャツを買いに来たんだから。

女の人が買うのはどの服ですか。

7番　男の人はどんなアパートに引っ越しますか。

男の人：僕、今度引っ越すんだ。
女の人：え？今の所は？
男の人：うん。駅に近くて便利なんだけど、四畳半と六畳の和室の二部屋だけだろう。それに来月から家賃を上げるって言うんだ。それならって、他を捜したら、いい所が見付かったんだよ。
女の人：どんな所？
男の人：今と同じ家賃で、四畳半と六畳の和室にもう一つ四畳半の洋室があるんだ。駅からちょっと離れてるんだけど、安い中古の自転車が手に入ったから、通勤時間は今とあまり変わらないんだ。

男の人はどんなアパートに引っ越しますか。

8番　男の人が理髪店で髪型をどうするか相談しています。男の人の髪型はどうなりましたか。

女の人：いらっしゃいませ。今日はどうなさいますか。
男の人：全体的に短くしてほしいんだけど…。
女の人：じゃあ、横と後ろは刈り上げますか。
男の人：いや、刈り上げないで、横は耳が出るぐらいのところで揃えてください。
女の人：でも、お客様の髪質が固いので、刈り上げないと横が立ってしまうと思いますよ。刈り上げたくないんでしたら、全体的にパーマをかけられたらどうですか。短くなりますよ。
男の人：そうだな。今日は時間がないから、パーマはこの次にするよ。それで、横と後ろは仕方ないから、刈り上げてください。
女の人：前髪は下ろさないで、オール・バックでいいんですね。
男の人：はい。

男の人の髪型はどうなりましたか。

9番　女の人が先輩に明日のパーティーに着ていく服のことで相談しています。先輩はどんな服装がいいと言っていますか。

女　一：先輩、明日のパーティー、どんな服装で行けばいいんですか。
女　二：そうねえ。先生方も出席されるから、あまり派手な格好はしないほうがいいわよ。正装するほどのパーティーでもないけど、やっぱりパンツよりはスカートのほうがいいわね。
女　一：スカートですか。
女　二：そう。それから、スカートの丈は短過ぎないように。まあ、膝まであれば大丈夫だけど。
女　一：靴はどんなのがいいですか。
女　二：パンプスはやめたほうがいいわよ。二時間、立ちっ放しでしょう。ローヒールのほうが疲れなくていいと思うわ。
女　一：そうですか。どうもありがとうございました。

先輩はどんな服装がいいと言っていますか。

10番　男の人が女の人にガイド・ブックに載っている旅館について説明しています。ａ．ｂ．ｃ．ｄはそれぞれどの旅館を示しますか。

女の人：ねえ、今度友達と温泉旅行に行くんだけど、どこに泊まろうかと困っているのよ。この旅館の名前の下に付いてるマーク、どんな意味だか分かる？
男の人：どれどれ？あ、これ？これは旅館の施設を表してるんだよ。この湯気が出てるのが温泉のマーク。そして、このコーヒーカップのマークはラウンジに喫茶コーナーがあるんだよ。
女の人：あ、スキーとゴルフは分かるわ。北山旅館ではスキー、南山旅館ではゴルフができるのね。駐車場があるところはどこ？私たち車で行くから。駐車場がないと困るのよ。
男の人：このⓅのマークが駐車場の意味だよ。
女の人：ふう～ん、西山旅館には駐車場がないのね。で、この音符のマークは何？
男の人：これはカラオケのことだよ。
女の人：へえ、東山旅館ではカラオケがあるんだ。皆、歌が好きだから、ここにしようかなあ。

ａ．ｂ．ｃ．ｄはそれぞれどの旅館を示しますか。

11番　男の人と女の人が写真を見ながら、話しています。二人はどの写真を見ていますか。

男の人：ああ、この写真、あの時のおじさんが撮ってくれた写真だね。奇麗に撮れてるんじゃない。二人とも。
女の人：そうね。それにバックの景色。この海は写真で見ても奇麗ね。
男の人：うん。太陽の光が当たって輝いてる。空にはカモメが飛んでるし。あのおじさん、いいところを撮ってくれたよな。
女の人：このヨットも雰囲気、出てるわね。
男の人：え？ヨット？
女の人：この写真の右上、小さく写ってるでしょ？
男の人：あ、本当だ。全然気付かなかったよ。

二人はどの写真を見ていますか。

12番　車内放送と合っているものはどれですか。

毎度、ご乗車くださいまして、誠にありがとうございます。お客様に車内のご案内を申し上げます。この電車は八両編成で、前から一号車、二号車、三号車の順になっております。一号車、二号車は禁煙車で、お手洗いは偶数車両の後ろ側にございます。なお、五号車は食堂車で、各種の飲み物や軽いお食事をご用意致しておりますので、どうぞご利用くださいませ。

車内放送と合っているものはどれですか。

13番　田中さんはどの人ですか。

もしもし、遠藤先生ですか。私、東京出版の田中と申しますが、明日先生の泊まってらっしゃるホテルのロビーへ原稿をいただきに参りますので…。は？私の格好ですか。黒縁の眼鏡をかけていまして、明日は黒い、大きな鞄を持って行くつもりですが。そうですねえ、他に目印と言えば…、帽子は持ってないし、あっ、そうだ。鼻の下に髭を生やしていますから、すぐ分かると思いますよ。

田中さんはどの人ですか。

数　字

1番　女の人はデパートでいくら買い物をしましたか。

女の人：ただいま。
男の人：どこ行ってたんだよ。こんな時間まで。
女の人：デパート。今バーゲンやってるのよ。
男の人：それで、何買ったの？
女の人：見て、このワンピース、一万円よ。二万八千円のワンピースが一万円。安いでしょう。
男の人：ああ、それから？
女の人：このスカート、もともと六千円の物が半額だったの。これ前から欲しかったんだ。
男の人：その袋は何？
女の人：これ？シルクのスカーフ。千円均一だったから、二枚も買っちゃった。
男の人：それだけ？
女の人：そうよ。
男の人：僕のはないの？
女の人：ないわよ。

女の人はデパートでいくら買い物をしましたか。

2番　男の人がハンバーガーショップに来ました。男の人が注文した物は全部合わせていくらですか。

女の人：いらっしゃいませ。ご注文は何になさいますか。
男の人：ええ、チーズバーガーはいくら？
女の人：２００円でございます。
男の人：じゃ、それを一つと、ポテトを…。
女の人：Ｓサイズが１８０円で、Ｍサイズが２２０円となっておりますが…。
男の人：Ｓを一つ。
女の人：お飲物はいかがでしょうか。ただ今、サービス期間中でどれでも１５０円となっておりますが…。
男の人：じゃあ、アイスコーヒーを一つ。それでいくら？
女の人：はい。チーズバーガーがお一つ、ポテトのＳがお一つ、アイスコーヒーがお一つ。以上でよろしいですか。
男の人：はい。
女の人：お会計は…。

男の人が注文した物は全部合わせていくらですか。

３番　歴史のテストは何時から何時までですか。

先生：今日は国語と歴史のテストをします。時間はどちらも６０分間です。まず、国語のテストをして、それが終わったら、１０分間の休憩がありますから、トイレに行きたい人はその時に行ってください。休憩の後、歴史のテストを始めます。あっ、そろそろ１０時ですね。では、テストを始めますから、筆記用具以外の物は鞄にしまってください。

歴史のテストは何時から何時までですか。

４番　男の人がアルバイトの情報雑誌でバイトを捜しています。男の人はどこでバイトをするつもりですか。

男の人：ええと、何かいいバイトはあるかなあ。
女の人：これなんかどう？
男の人：ウェイターか。昼の一時から夕方の六時までで、時給が６００円。時間はもう少し遅くまででもいいんだけど、時給がねえ…。
女の人：じゃ、これは？時給１０００円よ。
男の人：え？１０００円？パン工場での仕事か。でも、時間がね。次の日の朝六時までだと、寝る時間がないよ。午前中は授業があるから、できないし…。
女の人：あ、これがいいわよ。夕方の五時から夜九時までで、時給が８００円。
男の人：どれどれ？居酒屋の皿洗いか。時給８００円ならまあまあだな。よし、これにしよう。早速、電話して来る。

男の人はどこでバイトをするつもりですか。

５番　女の人が八百屋で買い物をしています。女の人は何をいくつ買いましたか。

女の人：すみません。
男の人：へい、いらっしゃい。
女の人：人参３本と玉葱３個、それに、そのじゃがいもはひと山何個入ってるの？
男の人：ひと山、５個。
女の人：５個？困ったわねえ。６個欲しいんだけど…。
男の人：しょうがないなあ。いつも買ってもらってるから、一つおまけしておくよ。
女の人：ありがとう。

女の人は何をいくつ買いましたか。

６番　お母さんが子供に数の勉強を教えています。果物はどうなりましたか。

母：ここにバナナがあるわね。何本ある？
子：５本。
母：そう。５本。じゃ、みかんとりんごは？
子：みかんが三個で、りんごが六個。
母：そうね。それじゃあ、ここから、りんごを一個、バナナを一本、お母さんが食べちゃいました。
子：え？僕もバナナが食べたい。

母：じゃあ、りんごを一個とバナナをお母さんとあなたで一本づつ食べたら、残りはどうなる？これに答えられたら、それ、食べてもいいわよ。
子：う～ん…。

果物はどうなりましたか。

7番　男の人が表を見ながら、日本の人口と面積について話しています。この表で大阪を表しているのはどれですか。

男の人：ええ、この表は１９９３年に調べた、日本の四つの都道府県の人口と面積を示した表です。この表を見れば分かるように、やはり東京と大阪は面積の割に人口が集中していることが分かりますね。東京はこの四つの中で面積が第三位なのに対して、人口は全国総人口の約一割を占める、１，１６１万人。もちろん、これは全国第一位となっています。大阪を見てみると、こちらも面積はこの中で一番狭いのに、人口は第二位の８５５万人。以下、第三位が８０６万人の神奈川、四位が６６８万人で愛知となっています。

この表で大阪を表しているのはどれですか。

8番　ある女の子が自分の家族を紹介しています。この子のお姉さんは何歳ですか。

女の子：私のお父さんは今、３８歳です。会社の課長さんをしています。お母さんはお父さんより三つ年下です。私はお母さんが２５歳の時に生まれた子供です。私には三つ違いのお姉さんと一つ違いの弟がいます。私の家は全部で五人家族です。

この子のお姉さんは何歳ですか。

9番　ラジオの天気予報を聞いてください。東京の明日の天気を表しているのはどれですか。

関東地方の明日の天気をお知らせします。東京の明日は晴時々曇、千葉県は晴れのち曇で、一時雨が降るでしょう。埼玉県は晴れ時々曇。神奈川県は晴れのち曇でしょう。なお、1㎜以上の雨が降る確立は千葉県の30％を除いて、各地共10％以下となっております。東京の予想最高気温は33゜Cで、最低が26゜C。千葉県の最高は32゜Cで、最低が25゜C。埼玉県は最高が34゜Cで、最低が24゜C。神奈川県は最高が32゜Cで、最低が25゜Cと各地共まだまだ残暑の厳しい一日となりそうです。

東京の明日の天気を表しているのはどれですか。

10番　男の人と女の人がこの前行ったカレーの店について話しています。今、この店へ行けば、ポークカレーはいくらですか。

女の人：ねえ、お腹空かない？
男の人：今、何時？
女の人：十二時半だけど。

男の人：あ、そうだ。この前、行ったカレーの店、覚えてる？
女の人：ええ、ポークカレーがおいしいのよね。確か６００円だったかしら。
男の人：そうそう。でも、あの店、午後十二時から二時までの二時間はランチタイムのサービスで、更に二割安くしてくれるんだ。
女の人：本当？じゃあ、早く行きましょう。

今、この店へ行けば、ポークカレーはいくらですか。

11番　男の人が不動産屋へ部屋を捜しに来ました。男の人は今どの物件を見ていますか。

男の人：すみません。部屋を捜しているんですけど。
女の人：はい。どういったお部屋をお捜しですか。
男の人：そうですね。駅から近くて、家賃が１０万までのマンションってありますか。
女の人：ワンルームですが、いい物件がありますよ。
男の人：部屋が狭くてもいいんです。寝るだけだから。
女の人：ええと、これなんですが、種別はマンションで、築2年です。場所は高田馬場駅から歩いて５分ですから、交通の便はいいですよ。
男の人：家賃のほうは？
女の人：家賃は９万円で、敷金、礼金がそれぞれ家賃の二ヵ月分です。それから、毎月管理費が要りますけど、これは８千円です。この場所でこんなに新しくて、家賃が１０万円以内の物件なんて、この他になかなかないですよ。

男の人は今どの物件を見ていますか。

図表

1番　東京の平均気温を表したグラフはどれですか。

このグラフは１９５１年から１９８０年までの３０年間のデータなんですが、月別の平均気温を表しています。まず、東京のところを見てください。平均気温が一番低い月は一月で、４．７℃。平均が４．７℃ですから、結構寒いですよね。その後、二月、三月と気温がゆっくり上昇し、四月には平均１４℃ぐらいでまで上がっています。この頃になるともうコートは要らないですね。その後も更に上昇し、八月の平均気温が２６．７℃と、東京で一番暑い月となっています。九月は未だ平均が２０℃を越していますが、だんだんと秋の気配を感じながら、また寒い冬を迎えるというわけです。次に…。

東京の平均気温を表したグラフはどれですか。

2番　男の人の最近の睡眠時間を示したグラフはどれですか。

女の人：おはよう。あれ？元気ないわね。どうしたの？
男の人：最近、仕事が忙しくて寝不足なんだ。
女の人：そんなに忙しいの？
男の人：昨日なんか家に帰ったのが夜中の一時で、その後、この書類を仕上げて。寝たのは三時頃かなあ。朝は六時に起きないと、会社に間に合わないから、三時間しか寝てないよ。確か一昨日もそれぐらいだったなあ。三日前はなんとか五時間ぐらいは眠れたと思うけど。

女の人：そんなに無理して大丈夫？最近でゆっくり眠れたのはいつなの？
男の人：そうだなあ。日曜日にはたっぷり八時間は寝れたんだけど。今日は木曜日だから…。

男の人の最近の睡眠時間を示したグラフはどれですか。

3番　ある小学校の小学生１００人にアンケートに答えてもらいました。この小学生達の一ヵ月の小遣いを示したグラフはどれですか。

男の人：この度、ある小学校の高学年の生徒１００人に協力していただきまして、一ヵ月にもらっている小遣いについて調べてみました。すると、一ヵ月に小遣いを３０００円以上もらっているという生徒が８０％以上おり、中でも驚いたことに１３人の生徒は月に５０００円以上もらっているそうです。それとは対照的に１０００円未満という生徒は六人しかおらず、１０００円から３０００円までという生徒は全体の一割。ほとんどの小学生が月に３０００円以上も小遣いをもらっているということは、私が小学生の頃には全く考えられなかったことです。確かにその頃とは物価も随分上がっておりますが、子供に多額の小遣いを与えるだけではなく、私たち、親が子供にしてやれることは他にもたくさんあるのではないでしょうか。

小学生達の一ヵ月の小遣いを示したグラフはどれですか。

4番　ある会社の社員がグラフを見せながら四つの支店の売上げ成績を報告しています。この人が見せているグラフはどれですか。

男の人：ええ、それでは、販売部の方から過去二年間の売上げ成績についてご報告いたします。このグラフをご覧ください。これは各支店過去二年間の電化製品の売上げ状況を示したものです。まず、目立つのが北店ですが、北店は去年、一昨年ともに不調でありまして、早急に対策を考えないと、本店の方にも相当の負担がかかるものと思います。それに対して、東店では、去年、一昨年ともに安定しております。ええ、次に南店ですが、一昨年は好調だったのですが、去年は売上げがガタッと落ち込んでます。これは近くに大きなディスカウントショップができたためかと思われます。最後に西店ですが、こちらは近くに新築マンションが次々に建てられたため、去年になって急に売上げが伸びております。これからも西店の伸びに期待が持てそうです。

この人が見せているグラフはどれですか。

5番　交通事故による死者の数の変化を表すグラフはどれですか。

交通事故による死者の数は１９７０年には１６，７６５人にものぼり、交通戦争とも呼ばれました。その後、いったんは一万人以下まで減らすことに成功しましたが、ここ数年再び増え続けており、第二次交通戦争と言われています。第一次交通戦争の時は、車の数が急に増えたのに対して、道路のほうの整備が追い付かなかったのが主な原因ですが、第二次の場合は…。

交通事故による死者の数の変化を表すグラフはどれですか。

６番　女の人が日本に住んでいる留学生に対して行なったアンケート調査の結果を報告しています。女の人の話の内容に合っているグラフはどれですか。

女の人：これは日本に住んでいる留学生１５００人に対して「あなたは何のために日本へ来ましたか」という質問をしてみました。それに対する答えを四つに分けると、まず「日本語の勉強」、次に「専門の勉強」、これは、大学や大学院、専門学校などで勉強するということですかね。それから、「日本文化の理解」、「その他となっています。アンケートによると、「専門の勉強」と答えた人が一番多くて全体の約六割の６２％でした。次が「日本語の勉強」で２０％、そして、「日本文化」と答えた人は約一割の１１％でした。やはり、大学や専門学校などに入って、勉強をしたいと思っている人が多いようです。

７番　説明の内容に合っているグラフはどれですか。

「あなたにとって、一番大切なものは何でしょうか。」朝日新聞では毎年こういう質問をして、日本人のものの考え方を調査してきました。例えば、１９７８年の調査を見てください。このグラフでは、「健康」が４２％でトップ、二位の「家族」が３３％でした。この二つだけで、全体の八割近くを占めており、「仕事」や「お金」、「財産」、「友人」などはどれも一割以下です。この傾向は、その後の調査でも変わっていません。

説明の内容に合っているグラフはどれですか。

８番　単身赴任の人のストレスの解消法について話しています。「寝ることによって、ストレスが解消する」と答えた人を表したグラフはどれですか。

会社などで転勤する場合、奥さんや子供を残して、一人だけで遠い所へ行くことを単身赴任といいますが、単身赴任をしている男性の中で、一人暮らしに慣れなくて、ストレスを感じる人が少なくないようです。

そのストレスの解消法についてですが、ストレスを解消するために、お酒を飲むという人が二割以上います。そして、睡眠時間を十分取ることによって、解消している人は過半数にも達しています。その他、テレビを見ることによって解消している人、休みの日に掃除や洗濯などの家事をやって、ストレスを忘れていると答えた人がそれぞれ約一割ずつとなっています。

「寝ることによって、ストレスが解消する」と答えた人を表したグラフはどれですか。

９番　日本人一人当たりの米の消費量を正しく表したグラフはどれですか。

男の人：ええ、日本人が一年に一人当たり、お米を食べる量は１９６２年が最高で、121キログラムでした。その後はだんだんと減る一方で、１９８６年には７５キログラムまで落ちてしまったんです。その原因として考えられるのは、日本人の食生活の変化とか、多様化ということなんでしょう。若い人は主食にパンを食べたり、スパゲッティを食べたりしますから。それがですね。最近はまた健康食ブームで、お米が見直されてきたんですよ。だから、一人当たりの消費量の減り方もここへ来て止まったようです。

日本人一人当たりの米の消費量を正しく表したグラフはどれですか。

1、2級　問題Ⅱ　Ⅲ

いつ？時間に関する問題

1番　学生はいつ先生に会いますか。

学生：先生、あのう、レポートのことで、ご相談したいことがあるんですが…。
先生：ああ、きょうはちょっと用事があって、だめなんだよ。そうだなあ、明日のごぜんはどうだい？
学生：私、明日は午前中、ずっと授業があるんです。午後からなら空いているんですが、先生はいかがですか。
先生：明日の午後はずっと会議なんだよ。弱ったな。急ぐのかい？
学生：はい。
先生：じゃあ、あさってはどうだい？昼から人と会う約束があるんだけど、その前なら少し時間ががあるから。
学生：１０時頃でもかまいませんか。
先生：ああ、いいよ。

学生はいつ先生に会いますか。

1、明日の午前です。
2、明日の午後です。
3、あさっての午前です。
4、あさっての午後です。　　　　　（正解　3）

2番　天気予報を聞いてください。大阪で桜が咲くのはいつ頃ですか。

最近、各地では、梅の便りが聞かれ始めましたが、こうなると待ち遠しいのは桜ですね。それではここで桜の開花予想を発表致します。今年は全体的に平年より４～５日早く咲き出すかと思われ、沖縄では２月15日、また、九州、四国では３月25日頃となりそうです。そして、大阪でも平年より２日程早く、４月１日頃に咲き出しそうですが、東京では平年並みの４月４日頃になるでしょう。

大阪で桜が咲くのはいつ頃ですか。

1、２月15日頃です。
2、３月25日頃です。
3、４月１日頃です。
4、４月４日頃です。　　　　　（正解　3）

3番　男の人と女の人が久しぶりに会いました。男の人はいつ結婚しましたか。

女の人：久しぶりね。この前、会ったのはおととしの春だったから、2年ぶりかしら。
男の人：もうそんなになるかなあ。
女の人：聞いたわよ。鈴木君、結婚したんですって？
男の人：そうなんだよ。
女の人：おととし会った時は何も言ってなかったじゃない。あの時は彼女もいないって言ってたくせに。
男の人：そうなんだけどね。去年の4月に彼女がうちの会社に入社して来て、僕のほうが一目ぼれ。
女の人：へえー。社内恋愛かあ。それで、いつ式を挙げたの？
男の人：去年の１０月。半年ぐらいしか付き合ってなかったんだけどね。何て言うか、この人を逃しては一生結婚できないんじゃないかって思っちゃって。
女の人：鈴木君、冬が長かったもんね。
男の人：うるさいなあ。

男の人はいつ結婚しましたか。

1、一昨年の春です。
2、一昨年の冬です。
3、去年の春です。
4、去年の秋です。　　　　（正解　4）

4番　男の人と女の人が電話で話しています。2人は明日、何時から映画を見ますか。

男の人：もしもし、山田さんのお宅ですか。
女の人：はい、そうです。
男の人：由美子さんはいらっしゃいますか。
女の人：わたしですけど…。
男の人：あっ、由美子さん？僕、田中です。
女の人：田中君？どうしたの？
男の人：うん、明日なんだけど、時間空いてるかなあ？
女の人：別に何もないけど…。
男の人：じゃあ、一緒に映画見に行かない？チケットが2枚手に入ったんだ。ジャッキーチェン主演の新作なんだけど。
女の人：本当？私もあの映画見たかったんだ。何時から？
男の人：午前中は１０時１０分からだけど。
女の人：私、午前中はちょっと用事があるのよ。昼は何時から。
男の人：１２時２０分からと2時４０分からがあるよ。
女の人：１２時２０分ね。それじゃあ、１１時半頃待ち合わせして、昼ご飯を食べたら、ちょうどいい時間じゃない？そうしましょうよ。
男の人：うん、わかった。そうしよう。

2人は明日、何時から映画を見ますか。

1、１０時１０分からです。
2、１１時３０分からです。
3、１２時２０分からです。
4、2時４０分からです。　　　　（正解　3）

5番　ある会社のフレックス・タイム制について話しています。この会社では社員全員に共通の勤務時間は何時から、何時までですか。

最近、日本では朝夕のラッシュを緩和するために、働く時間を自分で選べるという、フレックス・タイム制度を取り入れる会社が増えてきました。日本の大手企業の一つ、マツトモ産業でも昨年から、このフレックス・タイム制を導入しました。以前は社員全員が９時から５時までの固定勤務制でしたが、フレックス・タイム制になってからは、朝６時半から夜９時半までの間で、自分の希望する時間を選べるようになりました。しかし、この会社ではコア・タイムといって、午前１０時から午後３時までは全員働かなければなりません。朝寝坊をしたい人は、朝１０時から夕方６時まで働いてもいいし、午後を自分の時間として活用したい人は、朝７時に出社して、午後３時に帰ってもいいのです。けれども、１日に８時間以上は働かなければなりません。

この会社では社員全員に共通の勤務時間は何時から、何時までですか。

１、９時から５時までです。
２、１０時から３時までです。
３、１０時から６時までです。
４、７時から３時までです。　　　　　　　（正解　２）

場所／位置の問題

1番　男の人と女の人が話しています。女の人はどこでワープロを買うことにしましたか。

男の人：中村さん、ワープロ買うんだって？
女の人：そうなのよ。ワープロで卒業論文を書こうと思って…。どこかいい所、知らない
　　　　この前、デパートで見たら、高くって。
男の人：う～ん、そうだな。ディスカウント・ショップへ行ったら、結構安くてに入るよ
　　　　でも、保証が効かない所もあるらしいけど。
女の人：ええ？保証してくれないの。私、どうせ買うなら、一生使えるいい物をと思ってるのよ。保証してくれないんじゃ心配だわ。
男の人：それだったら、秋葉原の電気店へ行って見たら？メーカー品が沢山そろっているし、値段も普通の電気店より安くしてくれるよ。
女の人：そうなの？じゃあ、そうするわ。ありがとう。
女の人はどこでワープロを買うことにしましたか。

１、デパートで買います。
２、ディスカウント・ショップで買います。
３、秋葉原の電気店で買います。
４、近所の電気店で買います。　　　　　　（正解　３）

2番　会社で男の人と女の人が話しています。２人はどこで昼ご飯を食べますか。

女の人：ねえ、お昼どうする？
男の人：もうそんな時間かあ、そうだなあ。駅前でラメーンでも食べようか。
女の人：ええ？またラーメンなの？昨日もそうだったじゃない。駅前まで行くなら、新しくオープンしたカレー屋に行って見ない？おいしいって、評判よ。

男の人：カレーか。カレーもいいな。でも、あの店、込んでるらしいよ。毎日、行列ができるほどだって。僕、今日は１時からお得意先の人と合う約束があるんだよ。
女の人：じゃあ、あまり時間がないわね。
男の人：うん。あっ、そうだ。そう言えば、この近くにもカレー屋があったよね。
女の人：うん、私、前に行ったことがあるけど、結構おいしかったわよ。
男の人：じゃあ、今日はそこにしよう。

２人はどこで昼ご飯を食べますか。

１、駅前のラーメン屋です。
２、駅前のカレー屋です。
３、会社の近くのラーメン屋です。
４、会社の近くのカレー屋です。　　　　（正解　4）

３番　男の人と女の人が話しています。２人は今度の日曜日、どこで会うことにしましたか。

女の人：ねえ、今度の日曜日、１０時だったわね。

男の人：うん、それで待ち合わせの場所なんだけど、駅のホームって言っていただろう。僕は池袋から電車に乗るから、新宿行きのホームのほうが都合がいいんだけど、いいかなあ？
女の人：あら、私は新宿からだから、反対側のホームよ。
男の人：あ、そうか。じゃあ、駅の改札にしょうか。
女の人：でも、改札は人が多くて、うまく会えるかどうか心配だわ。
男の人：そうだね。それじゃあ、こうしょう。改札を出たら、向かい側に喫茶店があるから、そこで会うことにしよう。
女の人：わかったわ。じゃあ、１０時にそこで。

２人は今度の日曜日、どこで会うことにしましたか。

１、駅の改札です。
２、駅前の喫茶店です。
３、新宿行きのホームです。
４、池袋行きのホームです。　　　　（正解　2）

４番　デパートのアナウンスを聞いてください。中村さんはどこへ行けばいいですか。

本日はご来店くださいまして、誠にありがとうございます。ご来店のお客様にお呼び出し申し上げます。新宿区からお越しの中村一郎様、お連れ様がお待ちでございます。いらっしゃいましたら、2階サービスカウンターまでお越しください。続いて迷子のお知らせを致します。7階玩具売場にて、太郎君とおっしゃる3歳ぐらいの男の子をお預かり致しております。太郎君のお母様、いらっしゃいましたら、お近くの販売員までご連絡ください。

中村さんはどこへ行けばいいですか。

１、１階のサービスカウンターです。
２、２階のサービスカウンターです。

3、7階の玩具売場です。
4、近くの販売員の所です。　　　　　　　　（正解　2）

5番　男の人はレストランに来て、ウェートレスと話しています。男の人はどこに座りますか。

男の人：一番右の席は空いていますか。
女の人：すみませんが、真ん中の席にしていただけますか。
男の人：真ん中ですか。そこだと、町の景色が見えないですね。ちょっと…。
女の人：そうですか。じゃ、一番左の席はいかがでしょうか。まだ一つ空いていますよ。町の景色は見えなくても、当店の庭の風景、ご覧になれますよ。
男の人：そうですか。一番左ですか。仕方がないですね。

男の人はどこに座りますか。

1、一番右に座ります。
2、一番下に座ります。
3、真ん中に座ります。
4、一番左に座ります。　　　　　　　（正解　4）

数量の問題

1番　女の人は何番のバスに乗りますか。

女の人：すみません。東大寺へは何番のバスに乗ればいいですか。
男の人：8番と10番のどちらでも行けますよ。
女の人：あのう、急ぐんですが、どちらのほうが速いですか。
男の人：ええと、8番のバスは次が13時16分発ですね。それから、10番は次が13時8分発となっています。
女の人：じゃあ、10番の方が早いんですね。どうもありがとうございました。
男の人：あっ、そちらは違いますよ。そちらの乗り場は7番までで、8番からはこちらです。
女の人：あ、すみません。

女の人は何番のバスに乗りますか。

1、7番です。
2、8番です。
3、9番です。
4、10番です。　　　　　　（正解　4）

2番　女の人が八百屋のおじさんと話しています。女の人は玉葱をいくつ買いますか。

男の人：いらっしゃい。奥さん、今日は玉葱が安いよ。このひと山で、２００円。どう？買って行ってよ。
女の人：２００円？安いわね。で、そのひと山っていくつあるの？

男の人：こんなに大きいのが４個。炒め物にしてもいいし、カレーを作ってもおいしいよ。
女の人：そうねえ。安いから、お隣りの奥さんにも買って行ってあげようかしら。それじゃあ、それ、ふた山もらうわ。
男の人：どうも。
女の人：４００円で、いいのね。はい。
男の人：ありがとうございました。またどうぞ。

女の人は玉葱をいくつ買いますか。

1、2つです。
2、4つです。
3、6つです。
4、8つです。　　　　　　　　（正解　4）

3番　女の人がビデオ・カメラを買いに来ました。女の人はいくら払いますか。

男の人：いらっしゃいませ。
女の人：ビデオ・カメラが欲しいんですけど。
男の人：はい、いろいろございますが、どういった物をお捜しですか。
女の人：そうねえ、軽くて持ち運びに便利なのがいいわ。それに、操作が簡単なのってあるかしら。
男の人：それでしたら、これなんかどうでしょう。コンパクトサイズなので、片手で楽に操作ができるようになっておりますが。
女の人：形もかわいいわね。おいくらですか。
男の人：定価が１５万円なんですが、今なら、バーゲンセール中につき、2割引きでご奉仕致します。
女の人：2割引きということは１２万？もう少し安くならないかしら。電気製品はいつもここで買っているのよ。
男の人：しかしですねえ。困ったなあ…。じゃあ、こうしましょう。特別サービスで、さらにこの定価2万円はするビデオ・ケースを付けますよ。
女の人：本当？ありがとう。じゃ、これもらうわ。
男の人：毎度、ありがとうございます。

女の人はいくら払いますか。

1、１５万円払います。
2、１２万円払います。
3、１０万円払います。
4、2万円払います。　　　　　　　　（正解　2）

4番　男の人と女の人が話しています。女の人のお父さんは今、何才ですか。

男の人：この間、本屋で先生のお父さんをお見かけしたんですが、お若いですね。
女の人：そんなことないですよ。年甲斐もなく若い格好していますが、結構年なんですよ。
男の人：そんなこと言ったら、お父さんがかわいそうですよ。
女の人：マイケル先生のお父さんはおいくつ？
男の人：私の父ですか。先月、誕生日を迎えたので、今ちょうど６０です。

女の人：あら、じゃあ、還暦ですね。
男の人：還暦って、何ですか。
女の人：６０才のことを還暦といって、お祝いするんです。
男の人：そうですか。
女の人：私の父も去年還暦を迎えたところだから、マイケル先生のお父さんとは一つ違いね。もっとも、もうすぐ誕生日だから、６２になるんですけどね。

女の人のお父さんは今、何才ですか。

1、５９才です。
2、６０才です。
3、６１才です。
4、６２才です。　　　　（正解　3）

5番　旅行会社の人が旅行の日程について話しています。大阪では何泊する予定ですか。

男の人：ええ、それでは、今から、旅行の日程について説明いたしますので、よく聞いておいてください。まず、一日目はバスでこちらを出発いたしまして、大阪へは昼過ぎに着く予定になっております。それから朝食を済ませた後、大阪城を見物して、その日はそのちかくにあるホテルで泊まります。二日目は神戸の中華街に行きますが、その日の夜にはまた大阪に戻って来ます。その日、泊まるホテルも一日目と同じホテルですから、大きい荷物はそのままホテルに置かれて行ってもかまいません。三日目は名古屋へ行きますので、お忘れ物のないように注意して、朝8時にホテルのロビーにお集まりください。その日は名古屋市内を観光して、そこで、一泊し、その次の日、こちらに戻って来ます。3泊4日の短い旅ですが、思い出に残る楽しい旅行にしましょう。

大阪では何泊する予定ですか。

1、1泊です。
2、2泊です。
3、3泊です。
4、4泊です。　　　　（正解　2）

どうする？動作の問題

1番　女の人は今、レポートを書いています。レポートが書き終わったら、まず、どうしますか。

男の人：よお。何やってるの？
女の人：ゼミのレポート書いてるのよ。このレポート、今日が締切りだってこと、すっかり忘れてて。
男の人：ふ〜ん。残念だなあ。
女の人：何が？
男の人：いやね。新作映画のチケットが手に入ったから、これから一緒に見に行こうと思てたんだけど。
女の人：え？行く。行く。もうすぐ、これ書き終わるから、待っててよ。

男の人：あとどのくらい？
女の人：そうねえ。２０分もあれば、書けると思うけど。その後、先生の所へこれを持って行くから、あと３０分ぐらい待って。
男の人：じゃあ、正門前の喫茶店で待ってるから、それが終わったら、すぐ来てよ。
女の人：うん、わかったわ。

女の人はレポートが書き終わったら、まず、どうしますか。

1、先生の所へ行きます。
2、喫茶店へ行きます。
3、映画を見に行きます。
4、男の人を待ちます。　　（正解　1）

2番　男の人は今度の日曜日に何をする予定ですか。

女の人：こんばんは。今お帰りですか。
男の人：ええ。
女の人：吉田さんは釣りをされますよね。
男の人：しますけど。最近は仕事が忙しくてなかなか行けないんですよ。
久しぶりに海釣りでもしてみたいなあ。海はいいですよ。
女の人：うちの主人もね。最近釣りを始めたんですよ。
男の人：そうなんですか。
女の人：ええ、それで、今度の日曜日に私も連れて行ってくれるどうなんですよ。吉田さんもどうですか。奥さんや子供さん達もご一緒に。
男の人：今度の日曜日ですか。せっかくなんですが、その日はだめなんですよ。息子の授業参観があって、学校へ行かなきゃいけないんです。
女の人：ああ、お子さんの参観日ですか。それじゃあ、仕方ないですねえ。
男の人：すみません。また今度誘ってください。

男の人は今度の日曜日に何をする予定ですか。

1、釣りをします。
2、仕事をします。
3、海へ行きます。
4、学校へ行きます。　　（正解　4）

3番　男の人がバスの中に忘れ物をしました。男の人はいつ、どうしますか。

男の人：もしもし、東西バスのターミナルですか。
女の人：はい、そうです。
男の人：あのう、今日の昼頃、バスの中に紙袋を忘れちゃったんですが。
女の人：どこ行きのバスですか。
男の人：成田行きです。
女の人：えええと、忘れた物はどんな袋ですか。
男の人：黒っぽいデパートの紙袋で、中には買ったばかりのワイシャツと靴が入っているんですが。
女の人：調べてみますから、少々お待ちください。（忘れ物を調べる）もしもし、お待たせしました。こちらにそれらしい物が届いておりますので、一度こちらに来て確認していただけますか。
男の人：はい。あのう、今日はちょっと無理なので、明日でもいいですか。
女の人：ええ、かまいませんよ。
男の人：朝は何時からやっていますか。
女の人：８時からです。
男の人：じゃあ、１０時頃、そちらへ伺います。

男の人はいつ、どうしますか。

１、明日の朝８時頃、バスのターミナルへ行きます。
２、明日の朝１０時頃、バスのターミナルへ行きます。
３、明日の朝８時頃、もう一度電話をします。
４、明日の朝１０時頃、もう一度電話をします。　　　　（正解　2）

4番　男の人と女の人が子供について話しています。男の人は自分の子供にはどうさせたいといていますか。

女の人：うちの子は全然勉強しなくて困りますよ。いくら勉強しなさいって言っても、私の話なんか全然聞かないで、遊んでばかりいるんですよ。
男の人：私が子供の時もそうでしたよ。毎日、日が暮れるまで遊んだものです。
女の人：でも、それは昔のことでしょう。今は入学試験が難しくなって、どこの家の子でも皆塾へ行ったりして、勉強してますよ。遊んでたりしたら、とてもじゃないですけど、いい学校には入れませんよ。
男の人：いい学校に入るというのも大切かもしれませんが、そうやって、勉強、勉強ってうるさく言うのもどうですかねえ。最近のこどもは受験勉強で疲れてしまって、相手を思いやる心のゆとりというものをなくしてしまってるんじゃないですか。
女の人：今の会社がそうさせているのかもしれませんね。勉強ができない子はおちこぼれというレッテルを張られて、どんどん会社の片隅に追いやられてしまいますものね。
男の人：だからといって、親が子供の人生を決めてしまうというのはどうですかねえ。私は自分の子供には好きな事をやらせてあげたいですね。塾へ行くのも、いい学校に入るのも、自分が望んでそうするのなら、それもいいと思いますよ。

男の人は自分の子供にはどうさせたいと言っていますか。

１、塾に行かせたいです
２、いい学校に入れたいです。
３、子供がやりたい事をやらせたいです。
４、日が暮れるまで遊ばせたいです。　　　　（正解　3）

5番　博物館の前で、ガイトさんが博物館の規則について説明しています。中でしてもいいことは何ですか。

ガイト：これから、こちらの博物館を見学致しますが、その前に２、３ご注意していただきたいことがございます。まず、館内では、撮影禁止となっておりますので、写

真撮影はご遠慮願います。まだ、飲食物の持ち込みも禁止となっておりますので、
もし今何かお持ちの方がおられましたら、入口の所で係の人にお預けください。
それから、最後に館内は一応禁煙ですが、中に何か所か喫煙所がございますので、
おタバコをお吸いになる方はそちらでお吸いになってください。でも、そのほか
の場所では絶対にお吸いにならないようにお願い致します。

博物館の前で、中でしてもいいことは何ですか。

1、写真を撮ってもいいです。
2、お菓子を食べてもいいです。
3、タバコを吸ってもいいです。
4、ジュースを飲んでもいいです。　　　　　　（正解　3）

誰、何の問題

1番　男の人と女の人が明日行くピクニックについて話しています。女の人は誰を連れて行きますか。女の人です。

女の人：ねえ、明日のピクニック、朝９時に駅でよかったのよね。
男の子：うん、そうだよ。
女の人：私、親戚の子を連れて行きたいんだけど、いいかしら？
男の子：ああ、いいよ。人数は多い方が楽しいからね。
女の人：その子、私の父のお兄さんの子供なんだけど、私によくなついて、かわいいのよだから、私も本当の妹みたいにかわいがってるの。
男の子：ふ～ん、それで、その子いくつ？
女の人：まだ１０才なんだけどね。しっかりしてるのよ。
男の子：１０才かあ。じゃあ、僕も弟を連れて行てやろうかなあ。だいたい同じくらの年頃だから、遊び相手にはちょうどいいだろう。
女の人：そうね。あの子もきっと喜ぶわ。

女の人はピクニックに誰を連れて行きますか。

1、いとこです。
2、お兄さんです。
3、弟です。
4、妹です。　　　　　　（正解　1）

2番　男の子のお父さんの仕事は何ですか。

女の人：カズヤ君のお父さんはよくカズヤ君と遊んでくれる？
男の子：ううん、お仕事が忙しいから、いつも家にいないんだ。
女の人：でも、日曜日は休みなんでしょう？
男の子：そうだけど、日曜日もよくお父さんの会社の人と一緒にゴルフに行くから、あまり家にいないよ。
女の人：そうなの。
男の子：でもね。この前、一緒にキャッツボールをやったんだ。お父さん、野球がとってもうまいんだよ。昔は野球の選手になりたかったんだって。自分がなれなかった

から。僕には絶対野球の選手になってほしいみたいだよ。僕は学校の先生になりたいのに・・。

男の子のお父さんの仕事は何ですか。

1、会社員です。
2、学校の先生です。
3、野球の選手です。
4、ゴルフの選手です。　　　　　　　（正解　1）

3番　男の人と女の人が話ています。男の人が困っているのはどんなことですか。

男の子：まいったな。
女の人：どうしたんですか。
男の子：今、親戚のおばさんから電話がかかって来たんだよ。
女の人：何かあったんですか。
男の子：いや、大したことじゃないんだけど。いま、この近くまで来てるか、今晩一緒にご飯を食べようだって。
女の人：いいじゃないですか。せっかく近くまでいらしたんですから。
男の子：それが困るんだよね。あのおばさん、僕と食事するのが目的じゃなくて、本当は見合い話を持ってたんだよ。
女の人：まあ、お見合いですか。
男の子：この前も仕事中に電話をかけて来て、いい娘さんがいるから、会うだけでもってうるさいんだよ。僕はまだ結婚なんて、考えていないのに、この近くまで来たということは今日は絶対に逃げられないよ。ああ、どうしようかなあ。

男の人が困っているのはどんなことですか。

1、おばさんがよく電話をかけて来ることです。
2、おばさんと食事をすることです。
3、お見合いをさせられることです。
4、結婚をさせられることです。　　　　　　　（正解　3）

4番　二人の人がストレスをなくす方法について話しています。二人の共通の方法は何ですか。

女の人：木村さんはいつもお元気ですね。何か健康の秘訣でもあるんですか。
男の人：そうですねえ。僕はなるべくストレスをためないようにしてるんですよ。たぶん、それがいいんだと思います。
女の人：はあ、ストレスをためないようにですか。難しそうですね。私なんか、仕事のことや家庭のことでストレスがたまってしょうがないんですよ。何かいい解消方法があれば、教えてください。
男の人：僕の場合はたくさん寝るんですよ。嫌なことがあってもぐっすり眠れば、何もかも忘れてすっきりするんです。あとは時々体を動かすことぐらいですかね。
女の人：体を動かすのはいいですよね。私も以前はテニスをやってたんですが、最近は時間がなくて。だから、ストレスがたまってきたのかしら。
男の人：あまり時間がないのだったら、家で静かな音楽を聞くのもいいと思いますよ。心が落ちついて。

女の人：う～ん。音楽ですか。家にいるんだったら、子供と遊んじゃいますよ。普段あまりかまってやれませんからね。子供と遊ぶのも結構体力を使うんですよ。
男の人：じゃあ、それでもいいんじゃないですか。

二人の共通の方法は何ですか。

1、子供と遊ぶことです。
2、音楽を聞くことです。
3、運動をすることです。
4、たくさん寝ることです。　　　　　　（正解　3）

5番　男の人が日本語の勉強方法について話しています。何が大切だと言っていますか。

男の人：最近、世界各地で日本語を学習する人が増えていますが、勉強を始める動機は趣味で始める人や将来仕事に役立たせたいと思っている人など、様々です。しかし、動機はどうであれ、日本語が上手になりたいという気持ちは誰もが同じだと思います。そのために皆さんは少しでも多くの単語を覚えたり、いろいろな文法書を読んだりして、一生懸命勉強していることでしょう。これは語学を学習する上で、重要なことだと思いますが、私はただ机の上だけの勉強ではあまり意味がないと思うんですね。言葉とは使ってこそ、価値があるものになるのですから、学んだことを実際に使ってみることです。もし、皆さんの周りに日本人がいたら、その人と日本語で話してみてください。そうすることで、友達の和も広がりますし、語学の向上にも繋がるでしょう。ですから、日本語が上手になりたい人は、できるだけたくさんの日本語を聞いたり、話したりして、日本語に対する違和感をなくすことが大切だと思います。失敗を恐れず、生の日本語に接しながら、勉学に励んでください。

この人は何が大切だと言っていますか。

1、たくさんの単語を覚えることです。
2、いろいろな文法書を読むことです。
3、日本人と友達になることです。
4、日本語に慣れることです。　　　　　　（正解　4）

（どうして、なぜ、理由）の問題

1番　男の人と女の人が切手について話しています。男の人はどうしてこの切手を持っていますか。

女の人：あら、珍しい切手ですね。日本のじゃないみたいですけど。
男の人：これ？これはね、イタリアの切手なんだ。
女の人：へえ～、どうしてこんな切手をお持ちなんですか。
男の人：ええと、あれは3年ぐらい前だったかなあ。僕、イタリアへ行ったことがあるんだよ。
女の人：イタリアへ？
男の人：うん。それで、その時知り合った友達が送ってくれたんだよ。
女の人：いいですねえ。あちらに友達がいらっしゃって。でも、どうして切手を？

男の人：僕がイタリアへ行った時に切手を集めてるって、話したことがあって、それを覚えていてくれたんだと思うよ。
女の人：親切な方ですね。
男の人：最近は日本でも世界のいろいろな切手を売ってるけど、この切手は記念切手だから、イタリアでしか買えないそうだよ。

男の人はどうしてこの切手を持っていますか。

1、男の人がイタリアで買ったからです。
2、男の人がイタリアで友達にもらったからです。
3、男の人がイタリアの友達に送ってもらったからです。
4、男の人が日本で買ったからです。　（正解　3）

2番　女の人はどうして髪を短くしましたか。

男の人：あれ？どうしたんだよ。その髪？
女の人：うん。ちょっと・・。おかしい？
男の人：そうだね。急に短くなったから、何か変な感じだなあ。でも、前はあの長い髪が気に入っているって言ってただろう。
女の人：うん。そうだけど・・。
男の人：それなのに、どうして切っちゃったんだよ。
女の人：最近、暑くなってきたでしょう。だから、短くして、さっぱりしようと思って。
男の人：それだけ？どうもおかしいな。もしかして、失恋でもした？
女の人：え？何、それ。
男の人：よく言うだろう。女の人は失恋すると、気分を換えるために、髪を切るって。
女の人：そんなんじゃないわよ。
男の人：あ、分かった。誰かに言われたんだろう。「君は短い髪の方が似合うと思うよ」なんてね。女の人はそういう言葉に弱いからな。
女の人：ちょっと、勝手に想像しないでよ。実はね、この前雑誌を見てたのよ。そうしたら、『今年はショートヘアが流行』なんて書いてあったから、私も思い切ってやってみたのよ。
男の人：女の人はどうしてそんなに流行を追いかけるのが好きなのかなあ。

女の人はどうして髪を短くしましたか。

1、今、短い髪が流行っているからです。
2、友達に短い髪の方が似合うと言われたからです。
3、気分転換をしたかったからです。
4、失恋をしたからです。　（正解　1）

3番　ある大学の教授が話しています。ご飯がダイエットにいいのはなぜですか。

男の人：「ご飯ばかり食べていると太るよ。」こんな言葉を私たちは頻繁に聞かされてきましたが、それは本当でしょうか。私はそうは思いません。ご飯はむしろダイエットに欠かすことができないんですよ。人間の体では澱粉、つまり炭水化物ですねそれと脂肪が主にエネルギーとして使われるわけですが、どちらが太りにくいかはもうお分かりでしょう。エネルギーとして燃焼されなかった脂肪は体内にたまてしまいますが、炭水化物は燃焼します。ですから、エネルギー源をとるなら、炭水化物であるご飯をたくさん食べた方が太りにくいんですね。え～、また、澱粉からなる食べ物にはパンやスパゲッティなどもあるのですが、ダイエットにはやはりご飯がいいんです。どうしてかというと、それはご飯が粒だからなんです粒の澱粉は粉の澱粉に比べて、体脂肪への働きかけが少ないから、太りにくいのです。ですから、ご飯はダイエットをするのにとてもいいというわけなんですね

ご飯がダイエットにいいのはなぜですか。

１、ご飯は脂肪で粒だからです。
２、ご飯は脂肪で粉だからです。
３、ご飯は炭水化物で、粒だからです。
４、ご飯は炭水化物で、粉だからです。　　　　（正解　３）

參 考 書 籍

1.『毎日聽力日本語—50日課程』　（凡人社）

2.『日本語綜合測驗問題集　聽力◎聽解篇』　（凡人社』

3.『日本語能力試験　聴解問題に強くなる本』（アルク出版社）

4.平成２～５年度　日本語能力試驗　１、２級　試驗問題與正解
（日本國際教育協會國際交流基金　著作・編輯）

作者簡介：

曾　玉慧　1964年生　高雄市人

學歷　淡江大學東方語文學系畢業

日本東京女子大學日本文學研究所碩士

曾任　高雄市私立三信家政商業高等職業學校專任教師

高雄市市民學苑日本語講師

私立文藻語文專科學校推廣教育中心日語講師

私立和春工商專校應用外語科專任講師

現任　大華技術學院專任講師

大井　英樹　1966年生　日本大阪府人

學歷　日本麗澤大學中國語文學科畢業

淡江大學姊妹校交流台灣短期留學

現任　大井日本語教室負責人

高雄市私立樹德家政商業高等職業學校兼任教師

高雄市私立國際商業工業高等職業學校兼任教師

高雄市求精外語日本語講師

插畫作者簡介：

李　坤儒

１９６５年生　臺灣省嘉義縣人

曾任　趙子廣告美工

　　　采立廣告美工

現任　光陽機車總公司美工 設計員

國家圖書館出版品預行編目資料

挑戰日本語能力試驗．　1，2級『聽解』篇 / 曾
玉慧, 大井英樹編著, --初版. --臺北市：
鴻儒堂, 民 85
面；　　公分

ISBN 957-8986-87-4(平裝附卡帶). --ISBN
957-8986-82-3(平裝)

1.a日本語言

803.1　　　　86015555

挑戰　日本語能力試驗
1・2級「　聽　解　」篇

※本書附CD三片(CD書不分售)※

〈書＋CD〉：630元

初版一刷中華民國八十五年九月
初版二刷中華民國八十七年六月
本出版社經行政院新聞局核准登記
登記證字號：局版臺業字1292號

編　　著：曾玉慧・大井英樹
發 行 人：黃成業
發 行 所：鴻儒堂出版社
地　　址：台北市中正區100開封街一段19號二樓
電　　話：二三一一三八一〇・二三一一三八二三
電話傳眞機：〇二～二三六一二三三四
郵政劃撥：〇一五五三〇〇～一號

法律顧問：蕭雄淋律師

鴻儒堂日本語能力試驗系列

日本語能力試驗　1級受驗問題集
2級受驗問題集
3・4級受驗問題集

松本隆・市川綾子・衣川隆生・石崎晶子・
瀬户口彩　編著
每册書本定價：180元
每套定價（含錄音帶）：420元

日本語能力試驗1級に出る重要單語集

松本隆・石崎晶子・市川綾子・衣川隆生
野川浩美・松岡浩彥・山本美波　編著
書本定價：200元
每套定價（含錄音帶）：650元

日本語能力試驗漢字ハンドブック

アルク日本語出版編集部/編
定價：220元

日本語實力養成問題集

—日本語能力試驗1級對策用—
日本外國語專門學校/編著
書本定價：150元
每套定價（含錄音帶）：400元

日本語實力養成問題集

—日本語能力試驗2級對策用—
日本外國語專門學校/編著
書本定價：150元
每套定價（含錄音帶）：400元

日本語實力養成問題集

—日本語能力試驗3級（4級）對策用—
日本外國語專門學校/編著
每套定價（含錄音帶）：400元

日本語學力テスト過去問題集

—レベルクA—91年版
專門教育出版テスト課/編
定價：120元

日本語學力テスト過去問題集

—レベルB—91年版
專門教育出版テスト課/編
定價：120元

日本語學力テスト過去問題集

—レベルC—91年版
專門教育テスト課/編
定價：120元

聽解問題

（レベルA・B・C過去問題集）
專門教育出版テスト課/編
卡2卷定價：300元

日本語能力試驗1級合格問題集

日本外國語專門學校/編
書本定價：180元
每套定價（含錄音帶）：480元

日本語能力試驗2級合格問題集

日本外國語專門學校/編
書本定價：180元
每套定價（含錄音帶）：480元

日語能力測驗問題集

—閱讀理解篇
—文字語彙篇
鴻儒堂編輯部　編
每册定價：150元

日語能力測驗題集

日語測驗編輯小組　編
定價：200元

挑戰日語能力試驗1・2級

—〈文字語彙篇〉第一册
—〈文字語彙篇〉第二册
—〈聽解篇〉
曾玉慧　編著
每册定價：180元